この恋、おくちにあいますか？

Cet amour vous convient-il ?

2

Cet amour vous convient-il ?

Menu

Presented by

Novel YUTA

Illustration UIRI

この恋、おくちにあいますか? 2

優汰

MF文庫J

口絵・本文イラスト●ういり

Chapter

1. 正体

Cet amour vous convient-il ?

十年ほど前。透衣六歳、小学一年生。

『透衣、お前この前の算数のテスト取りこぼしたらしいな』

『ご、ごご、ごめんなさい……』

『もう、透衣……』

ある休日、東京に単身赴任している父親、勇が家に帰ってきた。勇は大きな手で透衣の肩を覆い、目を見て叱る。

『お前なぁ、ダメだぞ？　俺達がお前の習い事にいくらかけてると思ってるんだ。この程度のテストで百点取れなきゃ、将来どうするんだ。幸せになれないぞ？』

『シアワセ……？』

『そう。大人はみんな、小学校、中学校、そして良い高校に通って良い大学を出て、良い会社に入るんだ。そうじゃないとお金が貰えなくて困る。幸せにはなれない』

『そんな……』

『今遊んでる透衣の周りの子供達は、いつか子供の時に努力しておけば良かったって後悔するんだよ。でも透衣は違う。お父さんもお母さんもついてる。今いっぱい頑張って、透衣は将来幸せになるために頑張るんだぞ』

『……』

透衣が黙ると、勇は一瞬眉根を寄せる。その目が怖くて、透衣の小さな胸はバクバクと鼓動を速める。

『わかったのか？』

『うん……』

『よし、良い子だ。お前は——真っ当に人生を生きるんだ……』

透衣は父親に解放され、午前中の間に父親に言い渡された課題や学校の宿題を終えて、あの人に会いにメゾンに逃げた。

メゾンの玄関を開くと、優しいベルの音が鳴り、仕込み中の匂いと一緒に厨房から顔を出したのは、透衣の大好きな人、カミーユだ。

『あら？　透衣くんいらっしゃい！　今日はどうしたの？』

『お父さんに怒られた……』

躊躇いがちに落ち込んでいる理由を打ち明けると、カミーユはそんな透衣に柔らかく微笑みかけ、手を広げる。

『おいで、おばさんが慰めてあげるから』

透衣はそう言われて、店の中を走ってカミーユの胸に飛び込んだ。透衣が収まると、ぎゅっと柔らかく、温かい感触が全身を包む。

『よしよし……』

『カミーユさんあったかい。おひさまみたい』

『はぁ、可愛い……透衣くんも私にとって、太陽みたいな人だよ！　あなたがいるから、私は生きてていいんだって思える。大好きだよ』

『僕もカミーユさん大好き……！』

『透衣くんは昔の私に似てる。だから味方してあげたくなるんだ』

そう言ってカミーユは透衣を抱き上げ、カウンターの高い椅子に座らせると、ゴムで縛った金色の長い髪を払って、カウンター越しに透衣に訊ねた。

『甘いもの、食べたい？』

『食べる！』

『よーし、待っててね』

カミーユは手の甲で透衣の頬を撫でた後、厨房に回った。そして透衣が大人しく椅子の上で待っていると、カミーユはコトン、と透衣の前にスイーツの載った皿を置いた。

『お待たせ。パンペルデュだよ』

『美味しそう！』

カリッとした見た目の二切れのフランスパンからは、ハチミツや砂糖、バターや生クリームの甘い匂いが漂う。添えられたミントのスッキリした匂いがその甘い匂いをキュッとまとめる。パンペルデュはフランスではポピュラーなまかない料理だ。

『いただきます!』

透衣は行儀よく、でも不器用に、ナイフで口のサイズにパンを切り口に運ぶ。

『ほいひぃ!』

カリッと焼きあがった表面、スっと歯が入る中、その断面からじゅわりと広がる甘さ、透衣の口によくあった。

『おくちにあいますか?』

『うん! あう!』

『良かった。それね、本当は廃棄になるパンだったんだ』

『ハイキ?』

『うん、もうお店では出せなくなって、捨てなきゃいけないパンだったってこと。パンペルデュって、フランス語で失われたとかダメになったって意味なの。でもカビたりしてた訳じゃない。少し硬くなってたくらいで、まだちゃんと人間が食べれるパンなんだ。パンペルデュはね、そうやって見捨てられそうになったパンを、まだ大丈夫! 食べられる! って、おいしくしてあげるお料理なんだよ』

『へえ……! すごくおいしいのに……捨てるなんてもったいないね』

『ふふ、透衣くんにおいしいって言ってもらえて、このパンもきっと幸せだろうなぁ』

『……シアワセ？』

透衣はそれに眉を顰める。聞き返されたことが不思議だったのか、カミーユは首を傾げながら『うん！』と答え直す。

『カミーユさん、シアワセって、なに？』

『え？　うーん……難しいなぁ。嬉しいなぁ、とか、楽しいなぁとか、前向きなことを思う瞬間のことかな？』

『……お父さんがね、いっぱいお勉強して、良いカイシャに入らないと、おカネがもらえなくてシアワセになれないって言ってたんだ』

『……それは違うよ。透衣くん』

『え？』

『幸せなんて、人それぞれなんだよ。確かにお金持ちになることが幸せの人もいるし、美味しいご飯をいっぱい食べられることを幸せに思う人もいる。大きなおうちに住んだりとかね。透衣くんにとっての幸せはなにかな？』

『僕にとってのシアワセは……』

『うん……』

透衣はカミーユに作ってもらったパンペルデュを見つめて、微笑んだ。

『カミーユさんと一緒にいる時間だよ』

『……もうホンットに可愛い……！　大好き……！』

『えへへ……』

カミーユは透衣の頭を、何度も、優しく、優しく、撫でた。

『私の幸せもそう。私のご飯を食べて、おいしいって言ってもらえた時、透衣くんが大好きって言ってくれた時、メゾンで働いている時、幸せなら——ここにあるのにね』

『……？』

『私はね、透衣くん。今がいっちばん、幸せだよ』

◇

屋上を吹き抜ける風は生温く、日差しは肌を刺すように強く照りつける。季節はすっかり夏になった。

一帯に張り巡らされた高い金網のフェンスに手を掛けて、あいつが来るのが遅いせいで飲み干してしまったいちごオレのストローを噛み潰しながら、俺は帰宅する生徒の頭の数を上から数えていた。

ぼーっとしていると、ふと悩みの種を思い出す。俺はスラックスのポケットから、例の写真を取り出した。

俺の店、メゾンの前にて、笑顔で抱き合う二人の写真。一人は俺の待ち人である、元メゾンのシェフ、カミーユさん。そしてもう一人、そのカミーユさんに似た、俺を悩ませるあいつに似た、金髪ショートの幼い女の子。

　あれから俺はこの写真を常にポケットに忍ばせているのだが、メゾンに関わる人間から真実を聞き出せずにいた。なぜ核心に迫ろうと思えないのか、その理由は俺の中ではっきりしていないが、とにかく気乗りしない。

　それとこの女の子が誰かという話だが、答えはそう難しくない。

——この子って、やっぱ。

　なんて、一人考え込んでいたところで、屋上の扉が開く。待っていた俺のご主人様、S姫こと白姫（しらひめ）リラが屋上に現れた。俺はサッとポケットに写真をしまった。白姫は手を挙げて俺に挨拶をした。

「よ～っ♡」

「……おぉ」

「どうしたの？　恐（こわ）い顔して」

「いや、なんでもねえ」

「そ？　ならいいけど。暑いね～」

「まあ明日（あした）から夏休みだしな」

白姫は眩しい太陽に目を眇め、手で目元に影を作りながら、フェンスに縋っていた俺の横に並び、同じように下校中の生徒を眼下に見下ろした。

白姫の制服は夏服。半袖のブラウスからは白姫のたおやかな腕が露出していた。

一方の俺もそう。この暑さでいつものパーカーを着るわけにもいかないので、半袖のカッターシャツの下に赤いアンダーシャツを着ていて、スラックスの裾はすねの高さ、七分くらいに捲っている。

一旦写真のことは忘れるべく、俺も白姫に話を合わせた。

「屋上集合なのどうにかしねえ？　天候に左右されやすすぎるだろ」

「しょうがないでしょ。旧校舎立ち入り禁止になっちゃったんだから」

あの事件以降、生徒立ち入り禁止となってしまった旧校舎。ひとまず緊急避難場所として、ここのところは屋上で白姫と密会している。まあとはいえ、

「屋上も立ち入り禁止なんだけど」

「だね。他に人気のないいい場所探さないとね～」

学校で人気のない、いい場所。俺達にそれが必要な理由はただ一つだった。

会話が終わり、少しだけ間が空いたあと、白姫は俺の肘を掴んだ。

白姫の方を見ると、白姫は俺と目を合わせて口角を緩めた。

——ったく、わかってるよ……。

白姫は麗しい瞳を揺らして、俺の方に身体(からだ)の正面を向ける。逆らうことはできないので、俺も白姫の方を向いて、お互いが向き合った状態になる。

巧妙に作られたビスクドールのような、これ以上ない端整な顔立ち。出会って随分経(た)った今でも少し近づくだけで気圧(けお)されてしまう。

白姫は顔を近づけ頭を若干横に傾けると、さらにまた少しずつ、ゆっくり顔を近づける。そして俺の顔まであと数センチまで辿(たど)り着(つ)く。白姫は、そのもどかしいあとちょっとの距離を背伸びで埋めた。

――ふちゅ。

俺も目を閉じる。鳴(な)り止(や)まない鼓動に耐えようと、自然と身体には力が入る。

バニラの芳醇(ほうじゅん)な香り、熱く湿った唇のふにっと沈むような柔らかい口触り。相手に感情はないとわかっていても、どうしてもその味は癖になる。

そして、唇が離れる瞬間の言い知れない切なさに思わず嘆息が漏れた。目をゆっくり開くと、白姫の顔がまた俺の目に映る。

白姫は俺の顔を見て表情を綻ばせ、また屋上からの景色の方に身体の向きを戻した。

俺は目尻を引(ひ)き攣(つ)らせた。写真のこともあるが、なにはともあれ、今の俺はこいつとのこのキスをどうにかしない限りシェフにはなれないのだ。

「そういえばさ」

「あぁ……うん」

白姫が話を変えてきたので、俺もふわふわした頭を振って話についていく。毎日してるのだ。もういちいちキスする度にそのキスに言及することもなくなった。

「日曜日、透衣くん身体空いてる？」

「ん、まあ店の営業に間に合うまでなら……」

「あ、その日は真淵さんに頼んで、メゾンは休みにしてもらってるから」

……やけに準備いいな。

「……なんだよ。なんか企んでんな？」

「パパが透衣くんと一緒に東京おいでって。ほら、あたしたち婚約したのに、透衣くん、パパとはあれっきり会ってないでしょ？　ちゃんと話をしないとってパパが」

「勝手に婚約したことにすんな……あのなぁ、もうあれから何回も言ってっけど、俺は多少ならお前のワガママも聞いてやんねえこともねえってだけで、なにも取り引きに応じることにしたわけじゃねえんだよ。そう簡単にメゾンを渡すわけねえだろ」

「でも、今日もあたしとキスしたよね」

「……まぁ？」

「このキスがある限り、あたしの言うことは？」

「絶対……？」

「うむ、よろしい！」

「とりあえず！　とりあえずなんだからな！」

白姫は俺を言いくるめると、満足気に東京への遠征の詳細を話し始めた。

「あたし、明日からしばらくモデルの仕事で東京にいるから、当日は現地集合になるんだけど、透衣くん、東京一人で来れる？」

「バカにすんな。子供じゃねえんだ」

「ならいいけど。当日話すことは色々あると思うけど、透衣くんにしてもらうのは一つだけ。パパはあたしたちの仲が上手くいってると思ってて、当然、透衣くんも結婚に前向きなものだと信じてる。だから透衣くんは徹底的にその方向で話を合わせてね。それとはいこれ、新幹線の切符。わからなかったら駅員さんに聞くこと。あ、制服着て来てね。夏服でいいよ。それから手土産はあたしが用意するから、それ渡せばいいからね。あと――」

「はぁ……」

お節介母ちゃんみたいな白姫にうんざりしつつ、どうせ論破されることを考えれば、思った不満を口にすることすら無駄なカロリー消費になるので、もうなにも言わずに頷いた。

◇

それから数日経って、東京での予定当日。新幹線やら電車を乗り継ぎ、目的の駅に到着。スマホの地図アプリを駆使し、大きくて迷路のような駅からなんとか脱出し、白姫に言われた通りの場所で、拾ってもらう予定の車の到着を待った。

すると一台の高級車が俺の近くで停る。そのリアドアがパカッと勝手に開き、その奥には制服姿の白姫の姿があった。

「お待たせ、透衣くん。乗って！」

「……おう」

言われて俺は、白姫の座る後部座席に、並んで座った。

「河野さん、お願いします」

「はい、かしこまりました！」

「お、おなしゃす……」

すご、お嬢様って感じ。

どういうわけか白姫の言うことを聞く、スーツ姿の男の人が車を発進させる。詳しくねえけど、役員付運転手ってところか？　親父にもいるな、そんなやつ。

シートベルトを着用しながら、俺も挨拶を済ませ、見慣れないビルの数々を車の窓から見上げた。落ち着かない街並みだが、隣に白姫がいると思うとなんだか安心した。

「迷わなかった？　駅」

白姫がそう聞いてきて、俺は窓へ向けた身体を正面に戻し、シートに座り直す。

「アプリ見ればなんとかなった」

「なら良かった」

「手ぶらで来たけど、大丈夫だよな？　手土産あるんだろ？」

「うん！　あ、手土産はこれね！　渡しとこっか」

「はいよ」

オフィス街から特に景色が変わらないまま、大きなビルの中でも更に大きい部類に入るビルの前に、運転手は車をつける。あれよあれよという間に目的地到着。

「河野さん、ありがとうございました」

「いえいえ、また連絡入りましたらお迎えに上がりますので」

「あざっした……」

白姫に続いた俺のお礼も聞いて、運転手さんが運転する車は去っていった。長く停車はできないらしい。

「さ、行こっか」

「お、おう……」

俺が天を貫くようなビルに呆気に取られている中、一方の白姫はなんの抵抗もなさそうにビルに入っていく。俺はたじろぎながらも白姫に付いていく。やべー、白姫との距離が三十センチ以上離れると不安になる。

白姫の顔パスで何重ものセキュリティを突破し、途中で案内人もお供に加え、エレベーターを乗り継ぎ辿り着いた先は、もはやどこの何階なのかもわからない。ぐるぐるしすぎて方向感覚を失う感じ。つーかよ、エレベーター二本も三本も作る必要あるか？　なんで止まんねえ階とかあるわけ？　一本で上まで連れてけよ。

そんなことを思っている間に目的地につく。

案内人がそのフロアの最奥にある一室、『社長室』の部屋をノックすると、「はーい！」と温厚そうな声が扉の向こうで聞こえる。

案内人はその声を聞いて扉を開ける。

「リラ様と君波透衣様、お連れしました」

「あ、ありがとう！」

「失礼します」

案内人は俺達を無事に社長室に送り届け、一礼すると部屋を出ていった。

「いやー、二人ともよく来たね。透衣くんもありがとねぇ、遠かったろうに」

「ウ、ウッス……ア、コレツマラナイモノデスガ……」

「おー、ありがとうね」

白姫の親父さん。雅人さんが俺の事を気にかける。俺は押し付けるように手土産を渡した。ちなみに中身はプリンっぽい。

それより気がかりな事があった。

扉から入って縦に延びる社長室の奥には社長机が設えてあり、その手前のスペースには来客スペースだろうか、一人用ソファが四つ、二対二で向かい合うように並び、中央にはテーブルがある。

そのソファの一角に、着物を着た見たことも心当たりもないおじいさんが座り、険しい顔でこちらを向いているのだ。

誰だ？　あいつ。

「……お前が君波透衣か？」

「……は？　ああ」

「ったぁ……返事もろくにできんのか、最近の若者は」

「……あ？」

「ちょっ、父さん！」

立ち上がった老夫を宥めるのは白姫の親父さん。白姫のじいちゃんってことか。

「後継ぎに宛があると言うから、どんな奴かと思えば、こんなうだつの上がらん小僧だとはな」

「んだと……？」

じじいは咳払いを二度繰り返し、首を回し、再度俺を見る。どうやら歓迎されていないようだ。俺は構えてじじいを睨みつけると、じじいはそれに特に怖気付いたりせず、杖をつきながらこちらへ歩くと、俺の元まで来て、俺の髪の襟足を引っ張る。

「頭のおかしな髪しおって。こんな髪が社会で通用すると思っている神経が知れん」

「このじじ――ッぁはぁん……」

俺が頭に来て言い返そうとしたその瞬間、白姫が俺の手の甲を強く抓る。爪ぇ……爪が刺さってぇ……。

恐らくだが『何も言うな』ということだろうと察し、なんとか気持ちを押し殺して黙る。

「雅人、言い出したからにはお前が躾ろよ。この会社のトップに立つに相応しい完璧な男にだ」

「……透衣くんはいい子だって、いつも言ってるだろ」

「ふんっ。わしは認めんぞ、こんな小童」

じいさんはそう言って、部屋を去った。白姫の親父は静けさを取り戻した部屋の中央で「ぷはぁ……」と大きなため息をつく。剣呑な空気が一気に弛緩した。

「ごめんね、透衣くん……」

「……なんなんすかあのじじい」

マジなんなんだあのクソじじい。俺の襟足バカにしやがったな？　今ウルフ流行ってんだかんな？　和服の方がよっぽど街で浮くだろうが。

「僕の父親で、この会社の会長。今、会社の後継のことでピリついててね……まぁ、見ての通り、仲良くはない。頭固いんだよね、あの人。だからぶっちゃけ、透衣くんがお父さんに悩まされている気持ちはわからないでもないんだ。――婚約をさせようとしてる僕に言われてもだと思うけど」

「へぇ？」

乾いた笑みを作る白姫の親父。よくわかんねえけど、なんか、白姫家ってあんま上手くいってねえんだな。まあ俺が言えた口じゃねえけど……。

――そういえばあのじじい、白姫とは話もしなかったな？

雅人さんは四つのソファのうち一角の前に立つと、その正面の二つに「さあ、座って」と俺達のために手で示す。

「透衣くん、奥座って」

「うん……」

白姫はそう言って、雅人さんの正面に位置する方のソファに俺を座らせる。

「いやぁ、あの取り引きの話をした日から結構経ったね。会うの遅くなってごめんねー、透衣くん」

「いえ、別に……」

そんな会いたいとも思ってなかったし……。

「最初透衣くんがまだ取り引きの話を聞いていないって知った時はどうしようかと焦ったものだよ。透衣くんがどれだけメゾンに思い入れがあるかも知ってるから、一回の交渉だけじゃ、断られるのも目に見えてたしね。改めて今回の件、本当にありがとう」

「はぁ……」

雅人さんはテーブルに用意されている湯吞み三つに緑茶のティーパックを入れ、端に置いてあったポットで湯を入れながら俺に聞いてきた。

「リラとは上手くやってるかい？」

「はい、まあ……」

「仲良し！　ね！」

「…………うん☆」

もう爪刺されたくねえし。

白姫がぎこちない俺をフォローするように話に割って入ってくる。俺が適当に返事をすると、雅人さんは「うんうん、良い事だ」と嬉しそうに頷いた。

雅人さんはできあがったお茶を俺と白姫の前に置いて続ける。

「リラは他人に気を遣う子だから、感情が読めないことも多いだろう？」

「えっ？　ああ……」

「もう、パパ……そんなことないよね？　透衣くん」

「うん☆」

白姫は苦笑いしながら自分の父親の発言をカバーする。ホントにそんなことないもんな。すげーこき使ってくるもんな。

「これからは家族になるんだ。困ったことがあればいつでも力になるよ」

「ま、まだ気ぃはや……」

「あたし達、大丈夫だもんね？」

「あ、うん☆」

相手親子のペースに呑まれながらも、なんとか『結婚するつもりでいるテイ』で話についていく。本音は嫌なのに、我ながら本っ当によく頑張ってる。分身して自分をよしよしして抱きしめてあげたいくらい。

しかし、雅人さんの次の質問によって、俺と白姫の二人の間だけで一気に空気が張り詰める。

「ところで、透衣くんはどうしてあれだけ大事にしていたメゾンを手放して、リラと結婚して僕の会社を継ぐ気になってくれたのかな？」

「うん☆　…………………えっ!?」

言葉に詰まる俺。

そりゃ、だって……。

チュッ――ってことがあってだな。って、言えるわけねえだろ。

俺は白姫に従っているに過ぎない。俺の感情に、取り引きに対しての前向きな要素なんて微塵もないのだ。

あの問題の会食の日、高台からメゾンに戻ってすぐのあの時の関係者からの質問攻めは、俺はとにかく『結婚することにした』と言い切っていればそれでよくて、あとは全部白姫がそれっぽいことを言って誤魔化してくれたけど、こうやって俺に聞かれるとな……白姫が俺がいない間もフォローしているとしたら、辻褄合わなくなるかも知んねえし……。

「も、もう、この前も言ったじゃん！　あたしがしつこく説得しちゃって……それでも透衣くんが優しくて、それでって……」

「リラ、今は透衣くんに聞いてるんだよ」

白姫のフォローもここでは許されない。俺がなにか言うまで話は完結しない。

俺がなんか言わなきゃ……。

なんで、白姫と一緒にいることを選んだか――か。

「……俺が」

覚束無い口を動かす。雅人さんは温かい笑みを浮かべて答えを待ってくれている。

「俺がメゾンを継ぎたいって思ってるのと一緒で、白姫にもなんか、メゾンとか、雅人さんのことで真っ直ぐな気持ちがあるんだったら、そっちの話にも耳を傾けるべきかもなって……思ったから……」

「──そうかぁ」

「透衣くん……！」

雅人さんは意外そうな目を俺に向け、隣で白姫も感心したような表情で俺を見ている。

二人の視線がやたらと熱くて、俺はテーブルの脇に顔を逸らした。

メゾンを継ぐという意思は今でも確かにある。だけど、今出たのはデタラメというわけでもなく、確かに胸に秘める気持ちのままに紡いだ言葉だった。

「そんな風に思ってくれていたなんて。……嬉しいね、リラ」

雅人さんは朗らかな微笑みを白姫に向けた。その微笑みはどこか、まだ世界のことを深く知らない小さな子どもに対して向けるような優しさがあった。

「そうだ、もうすぐ僕も仕事に戻るから、リラは安住くんを呼んできてくれる？」

「──うん、わかった！」

俺の言葉に安堵した白姫は、父親にそう言われると、少し不思議そうな顔をした後、フットワーク軽そうにオフィスを出た。

「誰っすか？」

「ああ、僕の部下。別にこの話に関係のない人だから、心配しないで。ごめんねー、あんまり時間用意できなくて……でもどうしても透衣くんとは話がしたかったから……」

「いや、そんな……別に俺は……」

居心地悪くソファでケツをもぞもぞさせる俺を見て、なおも雅人さんは優しい声音で俺に聞く。

「それで、リラになんて言われたんだい……」

「えっ……」

雅人さんは俺の反応を見て「ぷっ……」と吹き出す。

「見てればわかるよ。透衣くん、無理してるだろ」

うんうん、と同情するみたいに首を縦に振る雅人さん。全部受け入れてくれようとするというか、一挙手一投足が性格良い。

「いや、でも……さすがに言えねえっす……俺だけの問題じゃねえし……」

「ああ、そう？　でも、あんまり無茶苦茶されてたら言ってね」

「……大丈夫っすよ」

大丈夫じゃねえけど……キスがある以上、まあそう言うしかねえよな。

『キスでもしてみろよ』

仮にあんなことバラされたら、社会的にはもちろん、せっかく良くしてくれてるこの人からの信頼すら失うかもしれねえし……とにかく話題を逸らさねえと。

ていうか、この人と二人きりなら聞きたいこと色々聞けるチャンスじゃねえか。この人優しそうだし、ある程度話わかってくれるかも、なんだったら味方にして丸め込んじまえるかもしんねえ。

手始めに、当初から気になっていたことを聞く。

「……雅人さんの方こそ、社長やめてメゾンでカフェやりたいって、あれ本気で言ってんすか。他になにか理由があるんじゃないんすか」

雅人さんは「ううっ……」と心を隠せずに顔を引き攣らせる。たたみかけろ！

「正直、今やろうとしてること全部、俺じゃなくてもいいし、メゾンじゃなくてもいいことばっかじゃないっすか。この前の話だけじゃ俺達に拘るのは不自然っすよ」

「……そうだよね。わかった。──いずれ言わなきゃいけないことだろうし」

雅人さんは緑茶をズズっ、と啜る。

「僕に話せることだけでいいかな？　透衣くんも言ってただろ？　自分だけの問題じゃないって、それ僕にも言えるんだよね。僕だけの話じゃないって言うか」

「……どういうことですか？　この取り引きって親父と雅人さんの取り引きで、俺と白姫が結婚すれば丸く収まるって話でしょ？　他の誰かが関係あるってことですか？」

雅人さんはポリポリと、もみあげ辺りをバツが悪そうにかいた。

「……うーんとね。白姫家としての婚約の目的は『この会社の同族経営における、後継ぎを据えること』なんだ。今どきじゃないんだけどねえ、同族経営なんて。でも会社の方針ってやつでね、こればっかりは社長の僕ですらなんとも言えない。それで前にも言ったけど、僕には息子がいない。同族経営で後継ぎを用意するなら、妻と息子を作るか、リラの結婚相手に婿に来てもらう二択があるよね」

「……よくわかんねえけど、要は義理でもなんでも息子がいるってことっすね」

「そう。だけど僕には再婚の意思はない」

「……離婚し――？　あ、すんません……」

デリカシーのない質問をしてしまった俺のことは特に咎めず、なおも温厚に微笑む雅人さんは「まあ聞いてくれ」と続きを話す。

「となると、リラの結婚相手に委ねる方法が残るわけだけど、リラがこれを引き受けてくれた。リラが結婚をするのはリラがそうしたいからじゃなくて、リラがそうしてくれるって話で僕のエゴ。この前メゾンで君が僕達に言ったことは間違ってない」

『ぜんっっっぶお前らの勝手な都合じゃねえか！』

俺は自分の発言を思い出す。間違ったことは言っていない気がするが、白姫と一緒にいた時間は、俺に他人を思いやる気持ちを芽生えさせていた。

俺がメゾンを守りたいのと同じように、この優しい雅人さんにも、『同族経営を強いられているとしても再婚はしたくない』という意思が存在するのだろう。大方、同族経営に関する話はあの時代遅れのじじいが元凶ってとこか。自分勝手ばっかりだな。……言えた口じゃねえけど。

「ただそれは僕個人の目的に過ぎない。メゾンに関わる理由は別にある。ちなみに透衣くんの読み通り、職から退いた後にカフェをやるため、なんてのは嘘っぱちさ」

「その別の理由ってのが雅人さんだけの問題じゃないってこと？」

確かに今の話じゃ、結局それがメゾンと、そして俺を後継に置くこととなんの関係があるのか、そこまで明らかになっていない。

……ちょっと待てよ、ならもう一つの理由って。

いつでも相手に突きつけられるようポケットに忍ばせている写真に手を当てる。

「そう、でもそれは――」

コンコン。

「うわっ……はーい！」

言いかけたところで、ノックの音が邪魔をする。雅人さんは慌てて返事をした。

「失礼します。リラ様に呼ばれて……お呼びでしょうか？」

「あ、うん……そろそろ次の予定だろ？」

「はい、もうすぐ今野さんがこちらに着く頃ですが」

「わかった、準備しよう」

話の傍らで、白姫がチラリと秘書さんの横から俺の方を見て、首を傾げる。俺はふぅ、と胸から息を吐き出す。

「ごめんねー、リラ、透衣くんも。今から少しここで打ち合わせがあってね……悪いけどまた次の機会にゆっくり話をしよう」

白姫が先に「気にしないで、お仕事頑張ってね」と、雅人さんを励ます。

「じゃあ帰ろっか、透衣くん」

「え、あぁ……うん」

俺が白姫と一緒にオフィスから出ようとした時、「あ、透衣くん！」と雅人さんが俺を呼び止める。

「さっきの話の続きだけど」

雅人さんは少しだけ眉間に皺を寄せた力強い笑顔を作り、言った。

「もう一つの理由は、自分で確かめてくれ。そう言おうとしたんだ。なにが正しくて、なにが間違っているのか、どこまでも真っ直ぐな透衣くんの意見を聞いてみたいって、そう僕は思う」

今はとにかく頷いた。雅人さんは俺の返事を待たずにもう一言「リラのこと、よろしくね」とそう付け足す。

そうして、俺と白姫はオフィスを出た。

◇

東京駅まで戻り、白姫より一足先に地元に帰る俺を、白姫は改札まで送ってくれていた。

東京駅に戻った俺たちは、あらゆる方向を目指す人の波の中で、新幹線の改札に向かっていた。

そこで、白姫が先手を打った。

「……あたしが安住さん呼びに行ってる時、パパとなに話してたの？」

「……ああ」

『もう一つの理由は、自分で確かめてくれ。そう言おうとしたんだ』

あの一言の後に、雅人さんは白姫のことをよろしくと俺に頼んだ。それはつまり、俺が地元から確かめられる範囲に理由があるということ、そしてそのもう一つの理由ってやつに、いつも俺のそばにいる白姫自身が関わっているという暗示なのだろう。

確かに白姫は、頼まれてさせられる結婚にしてはやけに俺との結婚に固執している。たかが後継のためなら、俺がダメなら他の相手だっているはずなのにだ。

白姫にリオレを振る舞った時に言っていた言葉。

『あたしの思いを叶えたい……！』

あれは、俺の前でワガママ言っていたいなんて戯言じゃない。白姫が求めているのは俺じゃない。俺やメゾンを絡めた、もっとその先のなにか。

——多分、親父や雅人さんだけじゃない。白姫自身にもなにか、この結婚で達成したい目的があるのだ。

だったらそれって。

俺はポケットの中で写真に触れる。

そして自分で確かめろ、というセリフ。ひいては、直接白姫に聞いてくれ、というメッセージだったはずだ。

俺が歩みを止めると、白姫も数歩先で歩みを止め、たくさんの人が行き交うコンコースの真ん中で、俺達は立って向き合った。

「……透衣くん？」

「この取り引きの本当の目的を、雅人さんに聞き出そうとした」

「……え？」

白姫の表情が露骨に曇った。

「本当の目的って……言ったじゃん。会社の後継ぎが必要で、メゾンが経営難で、どっちも丸く収める方法がこの取り引きだって……」

「あのメゾンでの会食の時の理屈じゃ、メゾンに執着する理由には足りねえ。会社の跡取りが欲しいだけなら俺に断られた時点で他の男を当たればいいし、カフェやりたいだけでメゾンが欲しいなら俺に断られた時点でメゾンから手を引けたはずだ。だけど白姫家はずっとメゾンを手に入れることに拘ってる。ずっとおかしいと思ってた」

「……」

「だけど最後までは聞き出せなかった。会社の後継ぎが欲しいってのは事実だけど、メゾンを手に入れたい理由は別にあるって、俺が教えてもらえたのはそれだけ。雅人さんは最後俺に、その理由を自分で確かめろって言ったんだと思う」

俺は写真の入ったポケットに手を突っ込んで、カミーユさんとある少女が写る光沢紙を握りしめた。

もうわかりきっているこの先を俺は知りたくないし、事実だと受け入れたくない。白姫のことを同じ悩みを持つ人間だと信じて、拠にしていたからこそ、雅人さんの話のせいで頭の中でどうしても察しがついてしまったことに目を背けたくなる。

それでもきっと、俺は知って、受け入れなければならないのだろう。

知らなくてもいいのなら、知らない方がいいのなら、きっと雅人さんは俺を欺き続けたはず。それでも真実を話そうと試みて、真実に向かって俺の背中を押してくれたということは、それはきっと知るべきことなのだ。

俺は白姫に写真を突き出した。

「透衣くん……なんで、そんなもの……」


「これ、カミーユさんと一緒に写ってる女の子、お前？」


白姫はその写真を見て、目を見開き、青ざめる。

「なんで……？　なんで透衣くんが……そんな写真持ってるの……？」

「メゾンの倉庫から出てきた。なんでそこにあったかは知らねえけど」

俺は白姫に答えを急かした。

「なあ白姫、お前ってカミーユさんの娘かなんかなの？」

白姫は無言だ。けれど無言は十分に答えたりえた。

「……マジでそうなんだ」

俺は白姫に写真を押し付けた。

「返す。ずっとお前のこと、親に言われて仕方なく結婚しようとしてるだけの奴だと思ってた。でも本当は俺なんかよりずっと大切な自分の気持ちがあったんだな」

「……」

「お前、メゾンをどうするつもりなんだよ」

「透衣くん、違う……あたしは……」

「違う？　なにが？　なんかあんなら本当のこと話せよ……」

「言えない……よ……」

……じゃあ、もうそうじゃんよ。

「……お前たちの目的って、なんなわけ」

動揺して目を白黒させ、その場に立ち尽くす白姫。言葉を迷っているのか、口がパクパクと空回りしている。だけど、それ以上白姫から言葉が出てくることはなかった。

「……帰るわ」

俺は見切りをつけて、白姫の横を通り過ぎ、新幹線の改札に向け、歩き出した。

その日、白姫と俺がキスをすることはなかった。

Chapter 2. 葛藤

Cet amour vous convient-il ?

「……お待たせしました。『白身魚のムニエル』です」

「あれ、それ、白身……ですか……？」

客に指摘されて料理に目を落とす。どう見てもその魚の身は白くなかった。

「え……？　あ、失礼しました『サーモンのポワレ』です」

「えっと……そもそもサーモンは頼んだコースにないはずですけど……」

「あっ……大変……失礼しました……」

「透衣ちゃーん。次の料理まだー？」

「あ、あっちか……すみません！　今行きます！」

翌日のメゾンでの俺。はっきり言って本調子じゃなかった。昨日の出来事が頭にちらついて仕事にも身が入らなくなってしまったのだ。

「真淵（まぶち）さん！　透衣が変！」

いちごがラーメン屋の注文みたいに言うと、真淵さんが裏から俺の様子を窺（うかが）う。

「透衣……お前しっかりしろよ……」

「……ごめん」

「透衣、どうしたの……？」

「だ、大丈夫だから……」

真淵(まぶち)さんといちごに叱られ心配され、もうめちゃくちゃだ。

自分でもびっくりするぐらい上の空。なにも手につかない。

その後も何度からしくないミスをしてしまったが、なんとか今日の営業を終える。

東京から帰ってから一夜明けた今日一日、俺はずっと白姫(しらひめ)家とカミーユさんの関係についてばかり考えていた。

でも考えるまでもなく答えは出ている。——カミーユさんは、白姫の母親。

いちごが最後の客の見送りに出て、誰もいなくなったフロアの真ん中に一人ぽつんと立ち尽くしていると、背中の方で厨房(ちゅうぼう)から出てきた真淵さんの声がした。

「透衣(とうい)」

「……あぁ、わり。特訓だよな。さ、今日は何作っかな～」

「いや、しないから。今のお前が厨房に立ったら、ここ燃えてなくなるっての」

真淵さんは少し恐(こわ)い大人が叱る時の目をしている。

「なにがあったんだよ透衣」

「……んでもねえよ」

「なんもないことないだろ」

「なんでもねえっつってんだろ。俺はなぁ？　誰がなんて言ったってメゾンを継ぐんだよ。

そりゃ誰にも邪魔させねえ。ったく、もういいよ。あんたが料理教えてくんねえなら俺一人でもやってやる」

俺が真淵さんを振り切って厨房に入ろうとすると、真淵さんは俺の胸ぐらを掴んだ。

「ぐっ……」

そこに見送りを終えたいちごが入って来る。

「ま、真淵さん！」

「……離せよ」

真淵さんは眉間に皺を寄せる。眼光が俺の目を刺す。

「――シェフ舐めんな」

「……っ」

「なれるって言ってりゃなれるような甘い職業じゃねえんだよ。誰が今のお前が作った料理を食べたいと思う？　来てくれたお客さんともまともに向き合えねえで自分ばっかかの今のお前にこの厨房に立つ資格なんてない」

「んなもん俺だってわかってんだよッッッ!!!!!!」

俺が目をつぶって視界を遮断しながら叫ぶと、俺の胸ぐらを掴む真淵さんの手が緩んで、解放される。

「だからずっと悩んでんだろ……俺だけがメゾンのシェフになろうとしてたってなんも叶わねえ。でもカミーユさんだけは俺のことを求めてくれてた……カミーユさんだけは……なのに……なんで……」

「お、おい……そこまで言ってないだろ。透衣、お前本当になにがあったんだ」

「真淵さん、大丈夫」

真淵さんの前で俯く俺、その俺と真淵さんの間に割って入ってきたのは、いちごだった。

「透衣」

「……なんだよ」

「明日、オープンまで一緒にどこか遊びに行かない？」

◇

真淵さんとはあれ以上拗れることもなく、とにかく厨房には入らせんと言う真淵さんを俺が渋々受け入れてその日は終わった。

次の日、午後一時。

いちごとの待ち合わせは、電車でメゾンの最寄り駅から一駅東に行った隣街のセンター街の入口前にあるコンビニの前だった。

　駅から地下を抜けてセンター街の前に出ると、照った太陽が肌を焼く。この暑さがいつまで続くのか、考えただけで溶けそうだ。

　俺が時間ちょうどにその辺に着くと、既に私服姿で赤髪を下ろしたいちごが待ち合わせ場所に佇んでいた。

　なにやら携帯型の手鏡をぱっかり開いて髪を気にしてるいちごに、俺は話しかける。

「……いちご」

「あっ、透衣……！」

　いちごは慌てて手鏡をしまって、わざわざ俺の方に駆け寄ってくれた。

「……待ったか？」

「ううん、今来たとこ」

　ふりふりと大きく首を横に振ったいちごは、ふふ、と可笑しそうに微笑んだ。

「どうしたんだよ」

「いや、ベタだなぁと思って」

　家がメゾンの近所であるいちご。乗ってきた電車が違ったことを考えると、いちごは俺より電車一本分以上早くここに着いていているに違いないのだが、というかそもそも。

「なんでわざわざ現地集合にしたんだ？　待ち合わせくらい近所でも良かったろ」

「いやぁ、だってこの方がデートっぽいし」

「デート?」

「…………あっ⁉　いや違う！　ミスった！　あーミスったぁ！　全然デートじゃなくて⁉　この方がそのなに⁉　友達（ともだち）と遊んでる感じあるって言うか！　いつも一緒にいるから家族みたいなとこあるし！　せっかく学校でも仲良くできるようになったし、透衣（とうい）と学校の友達っぽいことしてみたいなぁ的な！　ね！　あ、それだ！　うん、それで！」

「……はあ、まあ、うん」

一人でテンパって暴走するいちご。結局最初から最後まで何言ってるか理解できなかった。まあそれって言ってるし、なんかそれなんだな。

「んで、どこ行くつもりだよ」

「え、えっと……センター街の中にね、おいしいパンケーキ屋さんがあって。透衣、甘いもの好きだし、一緒に食べたいなって」

「……いいけど」

「ホントに！　へへ、やったぁ」

そのパンケーキの店に歩き始めながら、謎にえへへへしている横のいちごの方を見やる。ピンクのフリルがついた半袖ブラウスに黒のショートパンツ。ガーリーな仕上がり。いちごの私服姿はよく見るので、特段新鮮味は無いが、いちごは結構ラフな格好も多いため、いつもより少し女の子っぽい気はする。

「なんか透衣とこういうの、新鮮だね……」

「そうか？　いっつも俺ん家上がったりしてんじゃん。中学ん時だって何人かで遊んだりしてたろ」

「そりゃ中学の時は友達の集まりで一緒にいたことあったし、高校上がってからも透衣の家遊びに行ったりはしたけどさぁ……こうやって、待ち合わせして二人だけでどこか行くのって、うちら初めてだよ……？」

「……まあ、今までずっと外で遊ぶのは俺が断ってたからな。俺達が絡んでるところ見られちゃお前にも悪いと思ってたし」

「うん、だからこうして今透衣と一緒にいられるの、すごい嬉しい！」

「あぁ……んならよかった」

「その……透衣は……？」

「はぁ……？　恥ずかしいこと言わせんなよ……んまあなに、俺も気い遣わずにお前といられんのは楽でいいとは思ってるよ」

「えへ……えへへ……」

「なんだよ気持ちわりぃ……」

「気持ち悪いとか女の子に向かって言うな！　バカァ！」

「あーめんどくせえ……」

そのままセンター街の一角にあるビルに入ると、スッと冷房のひんやりした風が俺達(たち)を迎えてくれた。服屋が多く、フロア一帯に新品の衣類の匂いがする。

目的の階に向けてエスカレーターに乗り、その間、今日初めて二人の間に沈黙が訪れた。

少し静かになっただけで、頭に過(よ)ぎるのは先日の出来事。

「透衣(とうい)？」

「……ん？」

俺より一段上にいるいちごが、心配そうに俺の方を振り返った。

「いや、ぼーっとしてたから」

「んーん、大丈夫」

「……そ？ ならいいけど」

「……ん」

パンケーキ屋とやらに着く。いちごが予約していたらしく、手際よく店員に奥の席へ案内される。人気らしいが、その割にすんなり入れた。

テーブル席に向かい合って座る。

「これこれ！ この『ふわもちばえパンケーキ』ってやつ！ 透衣、甘いもの好きって言ってたからてっきり知ってるものだと思ってたよ」

「いや、知らなかった。いちごはそれにすんのか？」

「うん！　透衣は？」

「んー、俺もそれでいいや」

「……そっか！」

「ご注文、お決まりでしょうかー？」

丁度お冷を持ってきてくれた店員に注文を済ませる。

「かしこまりました！　少々お待ちくださいませ！」

注文が終わり、俺が頬杖を突いてぼーっとしようとすると、ふと正面のいちごと目が合った。いちごはそれに気づくと、口元を緩ませ、俺の真似をして頬杖を突いて俺のことを見つめてきた。

「ふっ、真似すんなよ」

「あ、笑ってくれた！」

俺が軽く笑うと、いちごはそれを見て嬉しそうにパッと笑顔をくれた。

「なんだよ。変か？」

「うん、変だよ」

いちごは手元のおしぼりをいじくりながら、俺から目を逸らして言う。

「昨日から、ずっと変」

　俺が黙ると、いちごはちらりとこちらを見る。

「……なんかあったでしょ？」

「別になんも……」

「リラちゃんと、それか白姫家か透衣のお父さんと？」

「……」

「言っとくけど、わかるからね。透衣がわかりやすいとかじゃなくて、透衣が悩むとしたらそれ以外他にないから嫌でもわかっちゃうんだよ」

「それ聞き出したくて今日呼んだのか？」

「教えてくれるなら聞きたいよ。でもそうじゃない」

　予想に反したいちごの様子に、俺がポカンといちごを見つめると、いちごはそれを見てふっと微笑みを零した。

「うちといる間だけでも、透衣にそのこと忘れて元気になって欲しかっただけー！」

　少し照れくさそうだが、それでも屈託ない笑顔で俺を励ましてくれた。

「まあ、聞いたって教えてくんないってのもあるけど……」

「……ありがとう、いちご」

　いちごに対して期待感のようなものが胸に渦巻いた。その感情には心当たりがあった。

初めて白姫と喋ったあの時の期待感と同じだ。

しばらくしてパンケーキがテーブルに届く、いちごはそのパンケーキを見て子供のようにはしゃぎながらスマホで写真をパシャパシャ撮っている。

俺はそんないちごに、こいつなら、という期待を乗せて、話し始める。

「……白姫、カミーユさんの娘だったんだ」

「——えっ？」

いちごはパンケーキにスマホを翳したまま固まった。

「わり、せっかく二人で遊んでる時に」

「う、ううん！　聞かせて！」

いちごは前のめりに俺に話の続きを促した。

ちなみにいちごには俺がメゾンを守る理由を中学の頃に話しているため、俺の過去に関する大まかなことはすべて知っている。

「白姫家がメゾンを狙ってる理由は、カミーユさんと繋がってんだと思う」

「……マジ？」

「だったらさ、俺があの人達と対立してメゾンを継ぐって言ってんの、白姫やカミーユさん的には相当迷惑なんじゃねえかなって」

「けど、透衣だってカミーユさんと約束して……」

「そんなのもう何年も前の話だろ。実際今こうやってカミーユさんは向こう側の人間だってわかったんだ。俺が手放さねえとメゾンはカミーユさんの物になんねえ。逆に言や、俺さえどうにかなればメゾンはカミーユさんの手に入るんだしよ」

「それは……で、でも、透衣はどうしたいの？」

「そりゃ俺は社長なんかよりシェフになりてえよ……だけど俺、カミーユさんのためにって今まで言ってきて、そのカミーユさんがあっち側にいるんだぜ？　だったら俺がメゾンを継ぐ理由なんてねえし……」

「と、透衣が目指したいならそれで良いじゃん！」

「お前のそれはただの俺に対する優しさじゃん。それだと結局俺がメゾンのシェフになっていい正当性がねえだろ」

「でも、うちは……」

「俺がメゾンを継いでいいって、ちゃんとした理由、あるか……？」

俺はいちごの言葉を待った。俺を満たす言葉を期待した。だけどそれ以上いちごからなにか発せられることはなかった。

そして、また白姫の時のように俺は勝手に期待して、勝手に失望する。一体俺は他人に何を期待しているのか、漠然と理想はあるのに、具体的に言葉にはならない。

「……じゃあさ、なんでカミーユさんはあの取り引きの場にも、その後も現れなかったの？　リラちゃんやリラちゃんパパとは家族なんでしょ？」

期待していた言葉ではなかったが、いちごからふと質問をされる。どうせほぼすべて決まったようなものだ。俺は適当に予想してさも事実のように答える。

「それは……俺と約束した手前もあって、俺や俺の親父の前に顔出すのが面倒だからじゃねえの……いや待てよ……？」

『僕には再婚の意思はない』

『……離婚し――？　あ、すんません……』

「確か雅人さん、奥さんいないって言ってたな……」

「えっ……？　離婚？」

いちごは俺の思い出した手がかりに食いつく。

「じゃあもうカミーユさんはリラちゃんとは関係ないってことじゃないの？　それでもメゾンを狙って、おかしくない？　リラちゃんはともかく、リラちゃんパパが元妻のカミーユさんのためにお店を買い取るなんておっきな取り引きするかな？」

「確かに……」

「白姫家の誰かが、カミーユさんのための取り引きだって言ったの？」

「いや、メゾンの裏倉庫から写真が出てきて、白姫に問い詰めたら親子だったってだけ。

俺が知ってるのはその事実だけだな……」

「だったら決めるには早いよ！　まだカミーユさんのための取り引きだって決まったわけじゃない！」

「そりゃそうかもしんねえけど……」

「……ていうか、そろそろ食べようよ透衣」

「え、ああ……」

半ば強引に話を持っていったいちごは、そう言ってナイフとフォークを手に取ると、口のサイズにパンケーキを切り分け、パムっとようやく口にした。

「ん～！　ほら、透衣も食べなよ、おいしいよ？」

「う、うん……」

口に合わないわけじゃない。いつもなら甘いものを食べれば元気も出るのに、今日はパンケーキの味すらしなかった。

いちごはパンケーキを飲み込んだ。

「透衣は確かに、カミーユさんと約束したんでしょ？」

「……うん」

「だったら絶対カミーユさんは、今でも透衣にお店を守ってほしいと思ってるよ。その時カミーユさんが透衣と約束したってことは、カミーユさんにとってもなにか意味があったことなんじゃないかな」

「いちご……」

「透衣(とうい)がメゾンを守りたいって思うことも、シェフになりたいって思うことも、ダメなんかじゃないよ。うちは透衣のこと応援してる。リラちゃんに負けないで！」

「……うん」

「だから今は、甘いもの食べて元気出して！」

情報が混濁してますますわからなくなる中、いちごは明確に俺の意思を尊重し肯定して励ましてくれた。

いちごの甘やかな微笑(ほほえ)みのおかげで、少しだけ顔を上げることができた。

……白姫(しらひめ)、お前の目的ってなんなんだよ。

◇

パンケーキを食べた後、二人で少し街をぶらついた。そしていい時間になって、この後の出勤に備え、俺達(たち)はメゾンに向かっていた。

電車を降りてメゾンへ向け、俺といちごは並んで歩く。

「少しは元気出たカンジ？」

「……あぁ。ありがとな、いちご」

「なんかあったらいつでも言って！　うちでよければ力になるから。真淵さんには言えないもんね、透衣のお父さんと繋がってるかもしれないし」

「……だよな」

いちごは前に向き直って、少し顔を赤らめながら言った。

「気持ちの理由に正しさとか大きさとかいらない。そんなことで気持ちを蔑ろにされたら、やだもん」

いちごはそう言って、「絶対そうだよ」と自分自身にも言い聞かせるように頷いた。

そしてぼーっと歩いていると、そのうちメゾンが見えてくる。そこで俺は、遠くで陽炎に揺れる、ある人影に目を凝らす。

「ねえ透衣、あれって……」

いちごも気づく、特徴的な金色の髪。遠くにいてもそいつが誰だかわかった。

「……白姫？」

その声で、白姫はメゾンの方へ歩いてきていた俺といちごの存在に気付いた。

「透衣くんッ……！」

「お前、仕事はどうしてきたんだよ……？」

白のシアーインナーに白のワンピースを着た清楚ですっきりとしたコーデの白姫は、俺

の顔を見た途端に駆け出す。そして、

——ギュッ。

白姫は俺の胸の中に飛び込んだ。

「え？　え？　えええ⁉　ちょ、白姫⁉　なんだよいきなり！」

「良かった……会えて……」

「ちょ、ちょっと⁉　うちもいるんですけど⁉　ねえリラちゃん⁉」

白姫は俺の懐から顔を出して俺を見上げる。

「ごめんね……？　ママのことずっと黙ってて……」

「ママって、やっぱり……」

いちごがそう言うと、白姫は俺から離れて「いちごちゃんも聞いたんだね……本当のこと」とほそぼそ口にして続ける。

「透衣くん……嫌な気持ちになったよね……ごめんね……？　本当にそんなつもりじゃなかったんだよ？」

「でも……お前もメゾンが大事なんじゃないのか……だったら俺……」

「言ったでしょ。違うよ、透衣くん」

そして白姫は、俺の顔を見つめる。

「な、なに……？」

白姫は俺の目を見て瞳を揺らすと、その目を細めて背伸びをした。

チュッ――。

「んっ……!?」

「なっ……!?　ななな!?」

いちごはその光景に眼をかっぴらく。


いちごの目の前で、白姫は俺にキスをした。


少しだけ乾いている気がした唇が離れるまで待って、白姫がようやく俺から顔を離すと、俺は改めて白姫の様子を窺った。

「……白姫？」

「いちごちゃん、ごめん。あたしと透衣くん、そういう関係なんだ」

「えっ……？」

いちごは絶句して、なぜか俺の方を見た。

「ち、違う違う！　はは、え、なにこれ！　白姫ってそういう趣味あったり？　それともフランスで流行ってるジョーク？　にしちゃやりすぎだろ～！　はは、は……」

俺がどれだけ大袈裟に取り繕って見せても、白姫は微塵も取り乱さずに俺の事を据わった目をして見つめてくる。おいおいこいつ、どうしちまったんだよ……！

「……透衣くんごめんね。あたし透衣くんに甘やかされて、自分の使命を忘れてたみたい。でももう大丈夫。なにも心配いらないよ。これからどんなに辛いことがあっても、あたしが透衣くんのことを支えてあげる。あたしそう決めてこの街に来て、今の学校に入ったんだよ？」

「おまっ……さっきからずっとなに言って……」

「この婚約の目的が知りたいんだよね。わかってる。全部話すよ」

「ぜん……ぶ……？」

「透衣くん、あたしはね」

白姫は笑顔を浮かべた。その笑顔は、俺の好きなあの笑顔とは違った。かといって愛想とか作り笑顔とか、そんなのでもない、どことなく虚ろな笑みだった。

「透衣くんのために、結婚するんだよ」

「は……？　俺の、ため？」

白姫はほんのり赤らんだ頬を晒し、愛執に暮れるような一途な瞳でそう言って、俺の唇をもう一度、ねっとりと奪った。

Chapter 3. 真実

Cet amour vous convient-il ?

まさに修羅場だ。

メゾン二階、俺の部屋。リビングのローテーブルを隔て、かたや白姫(しらひめ)、こなた俺といちご。対面した状態で睨(にら)み合っている。

「……へえ、透衣(とうい)くん、そっち側なんだ」

「いや……」

「当たり前でしょ？　リラちゃんが透衣に近づいたらなにするかわかんないもん」

「えっと……」

いちごは夏の木にとまるセミのように俺の腕を抱いてピッタリくっついて、白姫のことをビビっと睨んでいる。白姫が無謀にもいちごの前で俺にキスをしたせいで、いちごが話をしろと聞かなくなり、一旦二人を部屋に入れた結果だ。

「ま、まあ落ち着けよ二人とも……」

「透衣も透衣だよ。リラちゃんとキスする関係って、なに？」

「それは……」

「もう話そうよ透衣くん。あたしから言おうか？　あたし達(たち)の秘密の関係」

白姫は自分の唇を指で差して、挑発的な笑みをこちらに見せる。

「と・う・いぃ～……？」

「わ、わかったわかった！　ったく……俺から話すよ」

白姫に言わせたら変に誇張されそうでたまんねえ。

「それはそうと、お前も言うんだろうな？　婚約の本当の目的……」

白姫は決意した顔で頷いた。もうはぐらかしたり逃げたりするつもりはないらしい。きっとカミーユさんも絡んだ話が聞けるはずだ。俺も覚悟しなければならない。

そのためにまず、乗り越えなければならないのは……。

横にいるいちごの方を向くと、いちごは不安そうにしながらも少しずつ俺から離れて話を聞く体勢になった。

「取り引きの話の時、婚約を受け入れられなくって逃げた俺を白姫が追いかけてきてくれて、話をしたんだ。でも白姫も婚約を取り下げる気はなくて話が平行線だった時に、『どうしたら言うこと聞いてくれるんだ』って言われて、それで俺は……き、キスでもしてみろよって……」

「な、なんでそんなこと……」

「だって！　政略結婚ってことは白姫には俺に対する恋愛感情なんてねえはずだろ！　もともとその時喧嘩になってて、こいつははっきり俺のことを嫌いだって言ったんだ！　だったらいくら結婚するつもりでも、キスなんて絶対無理だって思ったんだよ、でも……」

「できないわけない。元々あたしは相手がどんな人でも結婚するつもりでこの街に来たんだもん。キスも、それ以上のことも、好きじゃない人とする覚悟ぐらいしてた」

そこから白姫が話を引き取った。

「『キスさえできれば言うことを聞く』。透衣くんはその場でそう言ったの。だからキスできたあたしは、その瞬間透衣くんに言うことを聞いてもらう権利を手に入れたってわけ。もし約束を破れば、キスした証拠は口にある。パパや事務所、警察にだって突き出せる」

「それで透衣に無理やり婚約を呑ませたってわけね……最低ッ……」

いちごはばっさりそう白姫のことを切り捨てた上で、「でも」と続ける。

「証拠なんてすぐ消えるじゃん……なんで今の今まで透衣も黙ってたの？」

「あたしが今日透衣くんにキスして、そういう関係だって言った時点で気づかない？」

白姫は口舐りをした。

「毎日してたって」

「……本当に？」

「したよね、透衣くん」

「透衣……？」

いちごは僅かに瞳を濡らして俺に問う。だけど今更嘘も言えない。

「……しょうがねえだろ。嫌で済んでたら最初からこんなことになってねえ」

「そん……な……」

いちごは憔悴した顔を俯かせた。

「だけど……透衣は今でもあんたなんかと結婚したくないと思ってる……」

「本当にそうかな」

白姫は自信を持った顔で続ける。

「最初は透衣くんも抗いようのない主従だった。だけど透衣くんが熱を出したあの時、一度あたしはその主導権を手放した。いちごちゃんも知ってるでしょ？　それでもあたしに手を差し伸べてくれたのは透衣くんの方なんだよ？」

「なんで……」

「俺がメゾンを継ぎたいって気持ちがあるのと同じで、白姫にもなんかそういう気持ちがあんだったら、俺はそれを否定したりできねえし。したくねえんだ。それは本当の気持ちだ。……それでそのうち折り合いがつくならそれで良かったんだけどな」

白姫は俺の求めている話を察して頷いた上で、少し困った顔でスマホの画面を開いた。

「わかってる……話すけど、二人は時間大丈夫なの？」

「……あぁ」

そういえば気にしてなかったけど、今日も当たり前のようにメゾンは開店する。オープンの時間までもうすぐだ。そのうち真淵さんも来るだろう。

「……せっかくだし、実物を見てもらった方が早いか」

白姫はそう言うと、「明日の日中、時間ある？」と尋ねてくる。俺は頷く。同時にいちごにも「お前も話聞きに来るか？」と尋ねると、いちごが答えるよりも早く、「いちごちゃんはできれば来ないで。透衣くんとあたしの問題だから」と、白姫が断る。

「そんな！　やだよ！　二人にしたら透衣になにするかわかんないもん！　うちがそばにいてあげないと！」

いちごが反論すると、白姫は眉を顰める。確かにこれから白姫が話すことは、白姫の家の事情でありプライバシーも関係してくる。白姫が俺に話してくれるだけでもハードルがあったのに、そこに取り引きにおいて部外者であるいちごを呼ぶのは気遣いができていなかった。

「……いちご、悪いけど白姫の言う通りにしてやってくれ。俺なら大丈夫だから」

「透衣……でも……」

白姫は俺がいちごを宥めたことを見て、一つ嘆息して続ける。

「それなら明日の一時、あたしの家集合でいい？　透衣くんに渡したいものがあるの」

「俺に渡したいもの？」

白姫はそう言いながら立ち上がって、玄関に降りるための階段の方に踵を返した。

「……透衣くん」

白姫は振り返ると、力強い笑みを浮かべた。

「あたしは敵じゃないよ。どんなことがあったって透衣くんの味方だから」

「……白姫？」

白姫はそう言い置いて、「じゃあまた明日ね」とメゾンを出た。

いちごと同じ言葉だけど、どことなくニュアンスが違ったのはなぜか、いずれにしたって真実を知るまでは全部ただの白姫の言葉の域を出ない。

「……いちご、その……キスの件、黙っててごめん」

「……本当だよ。今までずっと透衣の味方してたのがバカみたいじゃん」

そう思わせてしまったことが悔しくて、俺は「そんなことねえよ！」と、いちごの肩に両手を置いて、正面を切って言い返す。

「白姫に寄り添おうと思ったのは事実だけど、それでも俺は大人の言いなりになって夢を諦めたりなんかしたくなかった！　そんな俺のことをいつも応援してくれたのはお前しかいなかった！　俺にとってそれがどれだけありがたかったか……！」

「透衣……」

「……と、とにかく、そういうことだから」

「……ちゃんとケリつけてきてよね」

俺がいちごから離れると、今度はいちごの方からゆっくりと話を切り出す。

「リラちゃんと絶対結婚しないで」

ふとそう言われて、俺はなにも言い返すことができなかった。

俺は絶対結婚なんてしないとそう見得を切ってきたはずなのに、今は簡単に婚約に対して答えを出せなくなってしまった。

それは白姫のことを思うようになってしまったからなのか、それとも──。

「透衣……？」

その時、ちょうど下の店からドアベルが鳴った音が聞こえてくる。

「……俺は俺の正しいと思う選択をするよ。真淵さん来たな。いちご先に降りろよ。俺部屋で着替えるから」

「わかった……」

メゾンの方へ降りるいちごの足取りは少し重そうだった。

『なにが正しくて、なにが間違っているのか、どこまでも真っ直ぐな透衣くんの意見を聞いてみたいって、そう僕は思う』

雅人さんの言葉を思い出す。

すべてを知った俺は一体、この婚約にどんな決断を下すのか。

自分自身のことなのに、今の俺にはわからなかった。

◇

翌日、家から出て電車に乗り、二駅先で降りた。俺が今から向かうのは、白姫の家。

昨日の出勤中に、『一時頃だからね』というメッセージと一緒に、ポツンと住所がＬＩＮＥで送られてきた。

ＡｉｒＰｏｄｓからうるさめの音楽をガンガン流しながら、俺はそのＬＩＮＥの画面を開いて『今電車降りた』と家に着く前の予告連絡をする。

するとその瞬間音楽が止み、スクリーンが通話の着信画面に切り替わる。

「うわっ……」

耳にしていたイヤホンからの着信音にビクッと驚きつつ、俺は通話ボタンを押す。

「……なんだよ」

『駅ついた？　道わかる？』

「おう……ちょっと待てよ、地図開くから」

『了解』

通話を繋いだまま白姫とのトーク画面に戻り、地図のリンクからマップアプリに飛び、ナビを入れる。徒歩十五分と表示された。

「駅からちょっと歩くんだな」

『その方が家賃低くて広めのとこ住めたからね。歩くとそんなでもないよ』

「ほー、で、なんで電話?」

『一人だと、色々考えちゃうでしょ』

妙に見透かされたような気遣いに思わず口を噤む。もう散々考えた後なんだけどな。

白姫が続ける。

『あたしも外でとこーっと』

「いいよ、あちいだろ外」

『いいの、おーいって、迎えたいし』

「あっそう」

玄関の扉だろうか、ガチャ、と開く音が聞こえ、その後一瞬風の雑音が混じる。本当に外に出たみたいだ。

『あの後いちごちゃん、大丈夫だった?』

階段を降りているのか、パタパタとスリッパの足音のような音が聞こえる。

「まあちょっと落ち込んでたけど、出勤の時はちゃんとしてたぜ。そういやお前、なんでいちごにあのこと言ったんだよ」

『……二人でどこかから帰ってきてたよねあの時』

「あー、遊びに行ってその帰りだったけど」

『だからかな』

「はぁ？　んだそれ？」

『わかんないか』

ぷく、と白姫が電話の奥で吹き出す可愛い声が聞こえる。

「今からホントのこと話す時は、そういう回りくどい言い方すんなよ」

『わかってるよ。それなら逆に言うけど、透衣くんも受け止めてね』

「……それは、どうだろな？　俺が納得できる話ならかなー」

『……そっか』

会話が途切れた瞬間、なぜか白姫の声が恋しくなった。白姫が電話をくれた理由が少しわかった。

「この電話、お前なりの優しさなんだよな」

『そだよ』

「自分で言ってりゃ世話ねえな」

謙遜せずあっけらかんと答える白姫に思わず俺も吹き出した。

「あんがとな」

『……ん、どいたま』

照れくさそうな控えめな声の後、雑談が数分続いた。

そしてまた途切れると、『後どのくらい？』と道の経過を訊かれる。

「ん、後二分って出てる。結構巻いてるわ」

『歩くペース速いんだね』

「そうなんかな」

『それかあたしに会いたくて歩くの速くなってんじゃない？』

「別にいつもと変わんねえよ……」

『暑いねー、外』

「部屋戻っとけって」

『待ってるって』

「いいって」

『……あたしもいいって』

「……あっそ、じゃあいいけどさ。あ、てかもうすぐ……おっ」

角を曲がった所に、二階建ての小綺麗な灰色のアパートが建っていた。その前の段差に座り込んでいた白姫と目が合うと、白姫は気づいて立ち上がり、ひらひらと俺の方に手を振った。

『やっほ』

「切んぞ」

スマホをしまい、俺も手をあげた。白姫の姿を見つけた瞬間、ホッと胸が温かくなるような安心感を覚えた。

「あたしの家、上なんだ。行こか」

「……うん」

白Tシャツにダメージジーンズを穿いた私服の俺に対し、Tシャツにショートパンツという少しラフな格好をした白姫。Tシャツがタイトで体のラインが目立ち、細い生脚が伸びる。普段完璧な白姫の隙というか素というか綻びというか、とにかくその格好を変に意識してドキドキしてしまった。

白姫は、『201』『SHIRAHIME』と表札のある玄関扉に鍵を差し込み開けると、「どぞ」と俺に先に入れと促してきた。

「……お邪魔します」

白基調の室内。電気は消してあって仄暗い中を少し進んで行く。

白姫がカーテンを開けて、部屋が明るくなった。

ワンルーム、ロフトあり。そこに広がるのは清潔感のある空間だった。とびっきり女子の部屋という感じはなく、綺麗好きでセンスいい男子でも、わんちゃんこういう部屋に住んでそうな、とにかく人としてちゃんとした部屋ってイメージだ。

正方形に近い五、六畳の部屋。

　右側には一面バルコニーに出られる窓。奥には白色の低いテレビ台。横長で、テレビ以外にもディフューザーやリモコン、文房具立てなどが置いてある。左はクローゼットだ。そして真ん中には黄緑色の丸い絨毯が敷いてあり、そこに白の丸いローテーブルが置いてある。入ってきた方を振り返ると、ロフトに上るハシゴと、畳んである布団が見える。

　白姫は後ろの台所で冷蔵庫を開け、麦茶を入れてくれていて、そのコップを突き出しながら言った。

「なに？　変？　臭いとか？」

「いや臭いとか言ってねーじゃん。いつものお前の匂いだよ。あれ香水じゃなかったんだ。あ、あんがと」

　あ、この前俺が取ってやったヌヌーちゅのぬいぐるみがテレビの前に転がってる。と見つけたところで麦茶を貰う。

「あたしの匂い？」

　ローテーブルの前に座って、一口麦茶を飲み込んで、

「うん、バニラっぽい、あまーいやつ」

「あ、ディフューザーかな」

　白姫は座った俺に合わせ、自分もテーブルの前に座った。

「どうする？　もう早速話でもいいし、後でもいいし」

「後って、することねえだろ」

「そんなことないよ。ゲームあるよゲーム」

「やんねーよ」

白姫はいつも以上にふざけてくる。いつもの冗談をあしらうように笑いながら、それでも俺は真面目なムードに戻す。

「話、してくれよ」

白姫の笑みは引いていき、一つため息をついてから立ち上がった。

「……写真、返してくれてありがとう」

「……おう」

「あたしもね、透衣くんに返さなきゃいけないものがあるの」

白姫はテレビ台の引き出しを開けた。そこから取り出されたのは、一通の手紙と、百均かなにかの透明な、手のひらサイズのクリアケースだった。

ただ、俺は透けて見えるその中に血の気が引いた。

碧く光る、小さな宝石のような、——メダルのような、その何かは。

「お前……それ……」

「ママの——カミーユのだったものだよ。透衣くんのしてるピアスの、もう片方」

白姫は俺と対面して座り、そのクリアケースを開けて俺の前に置いた。

「透衣くんに言わないといけない、大事なことがあるの」

もう一つのピアスから視線を白姫の方に上げると、白姫は俺の方を見て言った。


「ママは、四年前に死んだ」


僅かに口が開くだけで、言葉も声も出なかった。

白姫は決めていたように続きを話し出す。

「今から十年前、ママが透衣くんの前からいなくなったのは、今のあたしのパパ、雅人と結婚して東京に行くためだった。パパとあたしは血が繋がってない。あたしはママと、あたしの知らない男の人との間に生まれた子どもなの。それからメゾンでママとパパが出会って、結婚して、あたしとママはパパが住んでいた東京に移った。でも、その暮らしがママには合わなかった」

「そ……んな……」

白姫は一つ間を置いた。俺はその隙に目を遺されたピアスに落とす。

「自殺だった。このピアスはその日、外して家を出たみたい」

言葉にならない絶望。彼女が亡くなってしまったことへの悲しみより、もう二度と会うことができない、もう二度と約束が叶わないという現実ばかりが辛くて、四年も知らずにのうのうとシェフを目指し、メゾンを抱きしめていた自分が情けなかった。

俺は、なんのためにメゾンを守ってたんだ？

俺はケースのピアスを手にした。持っているものと同じピアスなのに、重さが随分違った。小さなこのピアスが、まさにカミーユさんそのものであるような気がしてしまう。

ぎゅっと、でも気遣うように優しく握りしめる。

俺が知らない間に、カミーユさんはずっと辛い思いをしていたのだ。俺はそんな時、メゾンを守ることに必死になって、なにもしてあげられなかった。

「……ごめんね、透衣くん」

「なんで……お前が謝るんだよ……」

絶望、後悔、憤り、うつろう感情。

死人である時点でどうにもできない。でも死なないようにできたのではないかというタラレバと、なぜ死なせてしまったのかと責めてもしょうがない原因にばかり頭が回る。どこにぶつけていいのかわからないイライラが襲う。血の巡りがやけに早まるのを感じてクラクラした。

「あたしのせいだから」

ふいに、俺の心を見透かすように白姫が言った。鈴のような白姫の声を聞くと、また自然と心が落ち着いた。

「小さい頃からママは女手一つであたしを育ててくれた。でもそんな生活にパパを存在として欲しがったのはあたしだった。そんな時に今のパパとママが出会って、あたしがパパと結婚して欲しいってワガママを言ったの」

白姫の目はどこを見るでもなく、ただ斜め下を向いていた。

「二人はそのせいで結ばれた。そしてどんどん追い込まれたママは――」

「やめろって……お前のせいじゃねえだろ」

追い込まれる白姫を見て、ようやく論点が『誰のせいか』ではないことを思い知らされる。もうカミーユさんはこの世にいないのだ。なにを考えていても、そんなわかりきった事実が壁のように目の前を塞ぐ。

「結婚の理由、透衣くんのためだって言ったでしょ？」

「うん……」

「あたし、透衣くんのためにこの街に来て、今の学校に通ってるの」

「なんで……」

「ママが死んだ後、パパは会社の後継に悩んでた。息子もいなくて、パートナーを失ったせい。それをあたしがなんとかすることにしたのが最初だった。その時ちょうどこっちに戻る機会があって、透衣くんのお父さんと再会したの。透衣くんのお父さんも、メゾンを閉めるかどうか悩んでた。本当は閉めたいのに、ママに心酔して不良化した息子が継ぐって聞かなくて困ってるって」

「あの野郎……」

「でもね、透衣くんのお父さんがママのことを透衣くんに言わなかったのは、透衣くんのためなんだよ？　本当なら知らないままでもいられたんだよ？　知らない方が幸せなこともある。だけど、言わないと透衣は諦めないだろうって、それが透衣くんのお父さんの悩みだった」

「……」

「そしてなにより、透衣くんが可哀想だった。もうママはいないのに、絶対に帰ってこない人をいつまでも待ち続ける運命なんて、辛すぎる。そしてそうさせてしまったのは他でもない、透衣くんからママを奪ってしまったあたし。それを全部解決する方法が政略結婚。今の取り引きだった」

　白姫はようやく、本当の取り引きの内容を語り出す。

「透衣くんにメゾンを諦めさせて、代わりにパパの会社の後継にする。そうすれば、パパの会社の後継問題は解決できて、透衣くんのパパのメゾンの問題も解決。それから、透衣くんはメゾンの夢から醒めて、不良じゃなくなる。透衣くんは『自分の幸せは自分で決める』って言うだろうけど、それでももういないママの影を追い続けるより、会社のトップになることの方が幸せになれると思うし、あたしもそばで透衣くんのことを支えてあげられる。……ママの代わりに、ね。東京で透衣くんに本当のことを話せなかったのは、ただママが死んだことを透衣くんに伝えていいものか迷ったからだよ。元々この取り引きは透衣くんに事実を全部言わずに丸め込む方法だったの。でも、こうなっちゃった」

白姫は言い終えたのか、俺の方に目を戻した。俺はその瞳にどきり、と胸を痛める。

今から問われることが察せられたからだ。

「透衣くん、シェフになりたいんだったよね」

「そう、だけど……」

「——今でもそう思う？」

「……」

「もうキスで言うこと聞かせるとか、この際しないよ。でもお願い。あたしに透衣くんを、助けさせて……？　それがね、あたしの思いなの。一度は透衣くんの気持ちを尊重して、知らせないでそっと身を引くことを選んだけど、透衣くんがあたしに、ありのままでいいって手を差し伸べてくれた。だから、あたしも精一杯透衣くんのためになることをしようと思えたの。どうかな、結婚。してくれないかな」

そう問われ、感情がぐちゃぐちゃに渾然一体となる中、真ん中に一つだけ、目を瞑りたくなるほど浅ましい確かな自分の感情がある自覚が芽生えた。

「これから考える……」

「考えるって、なにを？　もうママはこの世にいないんだよ？　シェフになっても、メゾンを継いでも、もうママは戻ってこないんだよ？」

「わかってる……だから……これから俺がどうするか考えて……」

「……透衣くん？」

これ以上ここにいても得られるものはない。それどころか失うものの方が多いだろう。

俺は返すと言って渡されたピアスを手に取って、テーブルから立ち上がった。

「これ、ありがとう。じゃあ聞くことも聞いたし、俺今日出勤あるから帰るわ……」

「えっ……」

俺は足早に玄関まで行って靴を履き、白姫の気配を後ろで感じながらもそれに気付かないふりをして「お邪魔しました」と言って家を出た。

茹（ゆ）だるような夏の熱気に息苦しさを覚えながら、階段を降りる。ああ、手紙の方、忘れたな、なんて思う。

カミーユさん、もうこの世にいねんだ。

カミーユさんの料理、もう食べられねんだ。

もう抱きしめてもらえねんだ。

もう好きだって言ってもらえねんだ。

独りだ。今度こそ独りに、なっちまったんだ。

夢も大切な人も失って、大人の言うこと聞かされて、
俺は一体、なんのために生まれてきたんだ？

道に出てさっき来た道を引き返し、電車の駅に向かおうとしたその時だった。

「うっ……えっ……」

後ろから抱きつかれた。その温もりも柔らかさも、すべて俺の知っているもの。

「白姫……？」

「……今透衣くんを独りにしたらダメだと思った」

「いや……大丈夫だって――」

「うん、大丈夫だよ」

白姫の腕は俺の腹の辺りで巻きついて、ぎゅっと締め付ける。

「透衣くんは、独りじゃない。独りにさせない。どんなことがあったってあたしがずっとそばにいる。そのためにあたしは、透衣くんのとこに来たんだよ」

その白姫の声が震えていて、彼女が泣いているとわかった瞬間、自分も涙が溢れた。カ

ミーユさんがいなくなってからずっと感じていた孤独が満たされた気がした。

同時に、白姫に酷く同情した。

カミーユさんがいなくなって本当に辛かったのは、俺なんかじゃなく、実の母親を失った白姫のはずだ。それなのに白姫は、自分より自分の父親や俺の親父、そして俺のためにできる手を尽くしているのだ。

いつも俺の事を追いかけて、いつも俺に手を差し伸べて、いつも俺を抱きしめてくれる。そしてその優しさに絆されて、俺は白姫のそばにいる。

もういい加減、叶わないワガママはやめよう。屁理屈や妄言で自分を正当化するのもやめよう。

俺がすべきは逃げて自分を重んじることじゃない。俺のために生きる決意をしてくれた白姫の優しさと向き合って、少しずつでもそれを返していくことじゃないか。

これからどんな道に進もうとも、もう俺は独りじゃない。

大切な人なら、ここにいる。

「白姫」

「――結婚しよ」

俺は俺を離すまいと繋がれた白姫の手の上に、手を重ねた。

「うん――」

白姫に引き止められて、俺は白姫の家に戻った。

それでなにをしていたかと言うと。

「あっ！　ちょ、離せ！　うーわキッショ投げやがってこいつ！」

「あははッ！　だってこうするしかあのカギ取りようないじゃん！」

白姫の家にあったゲームで遊んでた。

白姫は取りづらい位置にあったカギを、俺のキャラをぶん投げる荒業で獲得した。

そのままステージのボスをやっつけ、砂漠が舞台のワールド2に辿り着いた所で、「もうすぐ出勤だわ俺」と言うと、白姫がゲームをセーブしてテレビを消した。

「はー、面白かった。また家来てよ。続きやろ」

「お前一人で進めてたようなもんじゃんよ」

「協力プレイしてたって。相性抜群だったじゃん」

「どこが？」

俺が鼻で笑うと、白姫も、ししし、と笑った。

そして、静寂が訪れた。

気づけば夕方になっていて、オレンジ色の光が部屋に差し込んでいる。

こてん。

白姫が俺の肩に頭を預けてきた。

暗くなったテレビに薄らと俺達二人が映る。

少し恥ずかしくなって、俺は適当になんでもない話をした。

「めんどくせーなー、出勤」

「あれだけシェフになるって言ってたのに？」

「意味ないってわかった瞬間、急にやる気無くなった。だって俺、社長になんだろ？　もう料理とか意味ねえし」

「なんなら料理練習すべきなの、透衣くんと結婚するあたしかもね」

「そうだな。俺が教えてやるよ」

「ふふ、頼もしいね」

「ハハッ――……」

ふと漏れた自分の笑い声がわざとらしくて、気持ち悪くてしょうがなかった。

「ねむ」

そしてまたそんな心の黒さを誤魔化すように、適当な言葉を紡ぐ。

「膝枕したげる」

「へー、至れり尽くせりじゃん」

「ん、はい」

白姫は身体を真っ直ぐに戻すと、俺の頭に手を添えて、俺に横になるように促す。俺はされるがままに、白姫の柔らかな太ももに頭を置いた。

仰向けの状態で上を見ると、白姫が俺の顔を見て優しい頬笑みを浮かべていた。衣服からの白姫の匂いと、清潔な肌そのものの匂いがする。

「どうですか」

「ん？　やらかい」

「良かったね」

白姫は俺の額をすりすりと撫でて髪を払った。

「もう新婚だね」

さすがにその言葉に平然とそうだなと返せるほどの度胸はなかった。だけど白姫は返事が適当なことが不安だったのか、窺うような声色で訊ねてくる。

「本当に結婚してくれるの？」

「するって言ってんじゃん。なに、信じらんねえ？」

「……うん」

白姫は口を尖らせて頷いた。

「嬉しかったぜ。お前が俺に、『独りじゃない』って言ってくれたこと。メゾンが俺にと

ってのすべてだった。けどそれが今日お前になった。お前がこの街に俺を迎えに来てくれて、俺のそばにいてくれることが今の俺の全部になった。それだけだよ」

俺が下から白姫の頬を手の甲で撫でると、白姫は擽ったそうにしながらも照れて口角を上げた。

俺はそのまま白姫の後頭部に手をやって、ぐっとこちらに引き寄せると、白姫も俺がなにをしようとしたのか理解して、自ら顔を俺に近づけた。

むちゅ――。

唇がくっついたままなのに、またにやにやを抑えきれずに白姫の口が微笑みの形に伸びる感覚が伝わった。顔が離れると、言葉は出ないくせに手持ち無沙汰なのか、白姫は照れ顔のまま、また俺の横髪を弄んだ。

その反応が可愛くて、俺は起き上がり、もう一度白姫の唇を奪った。

白姫が可愛い。愛おしい。それだけでいい。

「……透衣くんからしてくれるの、変な感じ」

「こんだけすれば信じられる？」

頬に手を当てたまま訊くと、白姫はまた唇を尖らせた。親指で白姫の頬の上で弧を描くと、それに合わせて白姫の目尻がきゅっと引き締まった。

「……ちょこっとだけ」

「わかった、あと何回すればいい？」

俺が白姫に迫ると、白姫は頬を染めながら「ちょ、ちょっと……」と慌てて俺の唇を手で押さえた。

「キスが足りないとか、そういう問題じゃないから……」

「にゃんだよ……」

「信用ねえなー」

「信用してるけど……でも……」

白姫は言葉を迷わせた。さっき唇を奪った時に言葉が出なかった時とは違う。言いたいことがあるけど、どう口にしたものか困っている様子だった。

でも無理に聞く必要はない。もうとっくの前に白姫と二人で生きることを決意した。

「まあ今までずっと自分勝手に生きてた奴(やつ)だから、多少意外でもしょうがねーよな」

「そゆことじゃなくて……」

「時間も時間だし、そろそろ帰る。とりあえずまずは店のこと、なんとか決着つけてくるわ。いちごの説得とかもしねえと」

「そうだね。なんかあったら言って、力になるから」

「ありがと」

玄関で再び靴を履いて、白姫はその様子を見ている。今度は逃げずに振り返った。

「じゃあな」

「うん、じゃあね」

「……出勤終わったらすぐ連絡する」

「うん！」

帰ろうと俺が扉のドアノブに手をかけると、反対の手が白姫（しらひめ）に取られた。

「ん？」

白姫は少し背伸びをして、また唇をくっつけてきた。今度は頬（ほお）。

「なんのサービス？」

「毎日キス、まだ続いてるからね。明日（あした）も会お」

「キスは信用とは別問題じゃなかったっけ？」

「してくれるなら、して欲しいから……」

なんで？と、問おうとしてやめた。多分、欲しい答えでは絶対ないから。それを聞いてガッカリしたくなかった。

「……しゃーなしな」

なんだかキスの後、この部屋を去るのが辛（つら）くなった。別に家に帰るだけなのに、この後いちごや真淵（まぶち）さんにだって会うのに、白姫から離れると独りになってしまう気がして、嫌だった。

「……ほら、早く行け！」

「うおっ……おめーが引き止めたくせに……ったく、お邪魔しましたー」

結局追い出され、俺は白姫の家を出た。

その瞬間、どっと疲れが溢れた。

白姫と一緒にいる時間が嫌だったわけじゃない。むしろ少しでも長く白姫と一緒にいたくて、白姫に嫌だと思われないように俺が振る舞ってたくらいだ。

きっとそれが疲れたのだ。本当は少し、自分の将来が不安だった。

きっと白姫にはそれを勘づかれていた。気を遣って振る舞っていることがうっすらバレていた。

これからはもっと完璧に振る舞わなければならない。学校で白姫が完璧であるように、俺もこれから次期社長、白姫の結婚相手として、劣らないようにしなければならない。

ふと、そうせざるを得なくなってしまった元凶のことを思い出し、俺は親父に電話をかけた。答え合わせをしなければならない相手だからだ。

『なんだ。仕事中だ』

開口一番、親父はそう言った。息子から電話がかかってきて、仕事中だから鬱陶しく思うなんてことがあるのだろうか、他の親がどうだか知らないが、少なくとも自分にはそれが冷たく感じられた。

「聞いたぜ、カミーユさんのこと」

『……は？　誰から』

「白姫から」

『リラちゃんが……？　言ったのか……』

珍しく取り乱す親父。俺は責め立てるように問い詰める。

「なんで黙ってたんだよ」

白姫から、親父が自分を気遣って言わないようにしていたということを聞いていたのに、どうしても親父に対する苛立ちと嫌悪が払拭しきれずに、まるで罪を白状させるように訊いてしまった。でも、親父も親父でその期待に応えるように言った。

『かっかすんなよ。言ったらこうなるってわかってたからな。大体言ったってなにか変わるわけじゃない。カミーユがこの世にいてもいなくても、俺はお前にメゾンはやらないつもりだった』

「なんで……」

親父自ら閉めるつもりのメゾンを、俺には頑なに譲らない理由。気にしてわかったところでどうにかなるわけでもないのに、やけに引っかかる。

『リラちゃんから取り引きの本当の話は聞いたのか？』

「聞いたけど……」

『だったらもうわかるだろ。メゾンを守り続けたってなんの意味もない。ていうか、白姫家の婿になるんだから今更もう店のことなんかどうでもいいだろ？』

親父のこの言葉で、俺はようやくすべての諦めがついた。もう怒る気力も失せた。

やっぱりそうだった。

意味。きっとそれがあるかないかがこの世間での正義の基準なのだ。やることなすこと、そこに誰もが納得できるような意味がなければ世間から爪弾きにされる。

そして俺は、世間を納得させるだけの意味を、俺自身のやりたいことに見いだせなかった。だったら世間が必要とする誰かになる他ない。それには意味がある。

今まで俺が生きたことには、なんの意味もなかったらしい。

『それで、結局なにが言いたくて電話なんかしてきたんだ』

「……結婚、するから」

『おお、なんだ改まって。最初からそういう話だろ』

「悪かったな、今まで駄々こねて。でももうこれでチャラだろ。俺は白姫と結婚して、社長になる。これ以上ねえ親孝行だ」

『……ああ、だな』

「メゾン、閉めるなら早く閉めてくれよ。できんなら明日にでも。俺もう出勤したくねえから」

『…………あぁ、わかった。ひとまず明日からはもう店に出なくていい。あとは俺がなんとかする』

手早く了承を取った俺は、電話を切ってから、「おめーがなんとかするのはあたりめーだろ」と呟いた。

俺の生きる意味、今ならある。社長になって白姫家の問題を解決し、親父の思い描いた子どもになる。そこに俺の気持ちなんてないけど、それでもいい。あいつがそばにいてくれると言うのなら、甘えてもいいと言うのなら、もう他はどうでもいいとそう思えた。

これからは、そばにいてくれる白姫と共に生きていこう。

別れてすぐなのに、もう白姫に会いたい。

あぁ——こんな気づき方って、ないわマジで。

最悪なことが続いてばっかなのに。今浮かぶなんて。

ずっと俺のことを気にかけてくれて、ずっと俺のそばにいてくれて、ずっと俺に優しくしてくれる。

無条件の愛をくれる、俺はそんなあいつのことが、

——好き。

◇

今日最後の客をいちごが見送り、俺はため息をついた。

「……なあ、透衣」

真淵さんがキッチンから出てきた時、ちょうどいちごも店に戻ってきて、不安そうな顔をこちらに向けた。二人とも、なにがあったのか出勤中は聞かないでくれた。

「明日からお前、出勤しなくていいってオーナーが……」

「そっか、助かるわ」

俺は腰に巻いていたサロンエプロンをはずして丸めてカウンターに置き、そのカウンター席に座った。

「出勤しないって……なんで……？　なにがあったの？」

いちごがあからさまに腑に落ちていない顔で俺に迫る。俺は説明責任さえもめんどくさく感じた。

そりゃそうだ。話したって嬉しくも楽しくも、誰に喜ばれるでもない事を何回も人に話すのは気分がよくない。

「やっぱカミーユさんは白姫の母親だった」

昨日伝えたいちごはもちろん、真淵さんも驚かなかった。

「で、もうこの世にはいないって」

「嘘でしょ……？」

いちごは口元を押さえ俺の方を見る。俺は「嘘じゃない」と念を押して続けた。

「知ってたのか？　真淵さん。カミーユさんが亡くなってたってこと」

「言わないでくれってオーナーに言われてた。ただ俺は、取り引きの本当の内容までは知らない。そもそもあの時ここでしてた取り引きの話がすべてだと思ってたし」

取り引きの目的があの時話してたものとは別にあるらしいという外枠の事実だけは、俺が昨日喋った。ただ真淵さんが今まで俺に、カミーユさんが死んでいるという事実を知った状態で素知らぬ振りをして料理を教えていたことを思うと、えも言われぬ気持ち悪さが込み上げた。

「取り引きは全部白姫が考えたことだったんだってさ。カミーユさんがいなくなって、白姫家の後継ぎができなくなって、その時ちょうど親父がメゾンと俺のことで悩んでた。それから俺もカミーユさんのことを知らずにメゾンに夢中になってた。白姫はその三つを全部解決するために今回の結婚を提案したんだってよ」

「それのなにが透衣とメゾンのことを解決すんのよ？」

いちごが言った。心なしか、額に青筋を立てているようなそんな顔で。

「このまま俺がカミーユさんのことを知らずにメゾン継いだって、カミーユさんは約束を果たしに帰ってこねえ。それがかわいそうだって、白姫が。カミーユさんの事実を言わずに俺にメゾンを諦めさせて社長にすることができれば、俺は真実を知らないままメゾンのことを忘れられる。親父（おやじ）が俺にカミーユさんのことを黙ってたから、白姫が気ぃ利かせたんだろ」

「そんなの……それが透衣のためなの？　透衣はシェフになりたいって言ってたんだよ？　夢を諦めさせて会社の後継ぎになることが、メゾンを継いでシェフになるって言ってた透衣のためなの？　そんなの違うよ！」

「違くねえよ」

「なんで！」

「いい加減俺も、大人になる時期なんだよ」

「大人になるって？」

「俺もう、白姫と結婚して、社長になることにしたから」

　いちごは「そんなの違う！」と、激昂（げきこう）する。

「大人になるって、そういうことじゃない！　夢を諦めて、自分の気持ちに嘘ついて、違う自分になるなんて、そんなの大人になるってことじゃない！」

「そんなの綺麗（きれい）ごとだろうが。それにこれは俺の意思だ」

「違う……透衣のバカ……バカバカバカ……うち結婚しないでって止めたのに……」

「もういいって。俺なら大丈夫だから。俺のこと応援するってんなら、前向こうとしてんの止めたりすんなよ。もういいんだよこれで。それに、俺が言う通りにすれば、白姫は俺のためにそばにいてくれるんだ。それが全部なんだよ。それでいいんだ」

上手く微笑みを作りたいのに作れなかった。ぎこちないかもしれないけど、それでも笑顔でそう言いたかったから、俺は頑張って口の端を上向かせた。

「どんだけ嫌なことを押し付けられても、どんだけ誰かの都合に使われても、今の俺には、白姫がいるから」

俺がそう笑うと、いちごは血相を変えて俺に詰め寄って、

バチン――。

「痛ッ……！　なにすんだよ……」

思い切り平手打ちをしてきた。

「いちご……もうこいつが良いって言ってんだから、俺達に止める権利はないよ」

慌てて止めに入る真淵さんに肩を押さえられるいちごは、涙が浮かぶ、それでもカッと見開いた目を、俺に真っ直ぐ向けていた。

「そんなの、うちの知ってる透衣じゃない！」

「……俺じゃ、ない？」

俺だけでなく、真淵さんもその言葉に一瞬眉を顰めると、真淵さんは間を開けていちごにも連絡事項を伝えた。

「オーナーが、いちごちゃんの出勤も自由にするって。元々透衣のためにここに来たんだったもんな。透衣がいなくなるのにここにいる理由もないだろうし」

「……もう知らない」

いちごはそのまま、真淵さんの手を振り払って更衣室に引っ込んだ。

「お前ももう上がれ。後片付けは俺がやる」

俺は黙って部屋に戻ろうと、階段に向かう。

真淵さんは俺の方に呆れた顔を向けた。まるで二人の反応は、俺の出した答えの間違いを咎めるようだった。

でも今度こそ俺は間違っていないはずだ。今までと違い、俺は他人の言うことを聞いてこの決断を下したのだ。なにも間違ってなどいない。周りが正解だと諭す方へ向かっているのだから。

「透衣……」

俺が階段に足をかけた時、真淵さんが背中に声を投げかけてきた。

「……あ？」

「お前……お前はこれでいいのかよ」

なんのつもりだよ。今更、どの口が、と俺は鼻で笑った。

「真淵さんだって、俺のことシェフになれねえっつってたじゃん」

「それはそうだけどな……でもそういう意味じゃなくて――」

「じゃあいいじゃんもう」

俺は真淵さんの返事を聞かずに部屋に戻った。

答えを、はぐらかして。

◇

白姫とLINEのやり取りを夜遅くまでしていたせいで、起きたらもう昼前だった。

今朝は雅人さんの電話で起きた。内容は端的に言うと、白姫から自身がカミーユさんの事実を話したことを聞いたという電話だった。

『それで、透衣くんの考えはどうだい』

雅人さんはそう訊いてきた。俺はそれに、昨日決断した答えを伝えた。

「……俺は、やっぱ白姫と結婚して雅人さんの会社継ぐことにしました」

『え……？』

雅人さんの反応は、意外にも、意外そうだった。意外同士、妙な空気が流れ、俺も思わず「え？」と聞き返した。

「ああ、そうか……」

続いた雅人さんの声はどこか、不服そうですらあった、後継ぎを探している人間なのだから、むしろ願ったり叶ったりだと思ったのだが。

『透衣くんがそれでいいなら、僕もいいんだけど……そうか……』

「いや、なんですか？」

『あ、いや……なんでもない。これは僕の問題だったね』

「はい？」

『あ、あぁ！　いやなんでもない！　そうだね！　じゃあ取り引きも成立ってことで、近いうちまたこの前みたいにお話でもしよう！　それじゃ！』

雅人さんはそう言った最後、電話を切った。

なにはともあれ、もう雅人さんにも結婚するという意志を示してしまった。後戻りはできない。

今日も俺は、白姫と会う約束をしている。白姫の家に行く準備をしていると、今度はなにやら下で男の会話する声が聞こえてくる。

気になったので着替えてから店へ降りると、そこにいたのは俺のこの世で一番嫌いな人間だった。

「……親父」

「おー、透衣！　サリュー」

「なんで帰ってきてんだよ」

親父はテーブルを一つずつ拭いて回りながら片手間に答えた。

「お前もいちごちゃんももう出勤しないからな。いよいよ本格的に閉める準備をな。いきなり閉めるわけにもいかないから、閉めるまで俺がこの店仕切ろうと思って」

「……」

「さて〜、閉めるからにはちゃんと、今まで来てくれたお客様方に感謝の気持ちを伝えないとな〜」

まるで俺に対する嫌味のようにそう言う親父に、俺はぐっと歯を食いしばって堪える。

「雅人さんに買い取ってもらうのか？」

「は？　そんなわけないだろ。あんなのあの場でお前を誤魔化すためにみんなでついた嘘だ。白姫だって自分だけで十分儲かってんのに、こんな店今更いらねえだろうよ。お前が社長になるってんなら、店は後俺が閉めて適当に売るだけ。カミーユのことを聞いたのならそのことも聞かなかったのか？　この取り引きはな、お前を更生させるための取り引きだったんだよ」

「……クソが」

ようやく白姫が意気込んでいた更生が、高台でのあの時にキレた拍子に出たものじゃなく、れっきとした目的だったと知る。知らずにずっと、白姫に付き合わされているつもりでいた自分が情けなかった。

すると、なにを思ったのか真淵(まぶち)さんも厨房(ちゅうぼう)から出てきて、腕を組んで柱にもたれ、親父を見る。そしてその後目をこちらにやって「……おう」と俺に挨拶をくれた。

俺はそれを無視して部屋に戻った。

早く、早く白姫に会いたい。

自分の家なのに、自分の家じゃないみたいだ。

親父が帰ってきたことによって、酷(ひど)い疎外感が俺の胸をざわつかせる。

早く、とにかく早くと、俺はケータイと財布だけ手に取ると、それぞれをベージュのワイドパンツの後ろポケットの右と左に入れて、階段を急いでおりて、玄関の鍵を手に取って家を出た。

急ぐあまり、お気に入りのイヤホンを忘れた。だけど戻らない。走って、とにかく走って電車に乗る。

お陰で予定してたより一本早い電車に乗れた。俺は電車の自動ドアの前で白姫に『今電車乗った』とLINEを入れる。白姫からは『りょ』とすぐに返事がきた。

二駅移動して、いの一番に降りて、人波の先頭を突っ走り改札を出る。

徒歩十数分の道を五分程度で白姫の家に着いた。

インターホンを押す。

白姫はインターホンに出ず、そのまま直で玄関を開けてくれた。ブルーとホワイトのストライプが入ったオーバーサイズのTシャツに、下はショーパン。

「早かったね？」

ケロッとした顔でそう言う白姫。相変わらずの綺麗な碧い瞳がこちらを窺うと、魅力で目が離せなくなった。いつもと変わらない、そんな白姫の顔を見て、俺の心は安心で滲む。

たまらずその場でぎゅうっと抱きしめた。

「うおー、どしたどした」

白姫は少し動揺しながらも俺の背中をとんとんと、優しく叩いて、その後摩ってくれた。

はぁ……好きだ……。

「会いたかったぁ……」

「……甘々じゃん」

俺が素直に気持ちを言うと、白姫はぽしょりと耳元でそう言った。

そして白姫の方から離れる。離れても腕は離さないでいてくれた。

「わり、汗臭かったか。走ってきたから」

「いや違うよ。ここで抱き合ってたって仕方ないからさ」

白姫はふっと笑い、肘の辺りに手を添えたまま俺の顔を見る。

「中入ってよ」

「うん……」

白姫に連れられて居間のローテーブルに腰を下ろすと、白姫はキッチンで麦茶を入れながら「なんかあった？」と、聞いてくれた。俺は昨日はテレビの前にいたヌヌーちゅが、今日はロフトに上がるためのハシゴの二段目に座っていることに気づきながら、なにから話そうか悩んだ。ちなみにいちごにビンタされたことと真淵さんがすげームカついたことは昨日ＬＩＮＥで言って、慰めてもらった。今日は親父が家に来て、追い出されてる気分になったことを話した。

「素直じゃないなぁ」

「素直じゃない……？　俺？」

「いや、そっちじゃなくて」

白姫はそう言うと、その続きは言わずに「それに」と、麦茶を俺の前に置いて別のことを付け加えた。

「透衣くんは白姫家のお婿さんになるんでしょ」

「確かに、あいつと縁切れるんだもんな」

「そうじゃなくて、居場所ならちゃんとあるでしょって」

白姫の言っている意味を理解して、麦茶を嚥下する。キンと冷たい麦茶と効いたクーラーが俺の熱を冷ます。

「白姫……」

そして俺は、また白姫を抱きしめた。今度は座っている白姫の後ろに回って、バックハグをする。

「なぁんだよもー」

白姫は笑いながらも、自分を巻く俺の腕をスリスリと撫でた。

好き。

言えなくて、俺は適当に誤魔化す。

「お前だってよく俺に抱きつくじゃんか」

「そうだね」

「なあ、俺社長になれると思う？」

「大丈夫だよ、あたしがついてる。パパだって透衣くんのことちゃんとサポートするって言ってたし」

「うん……そうだよな」

「うん！」

「……白姫、ずっと一緒にいて」

俺は腕の中の白姫を確かに感じ取るようにぎゅっと抱きしめなおした。

「俺、もうお前しかいねーから……」

「大丈夫、大丈夫。あたしはここにいるからね」

あたしはここにいるからね。というのは誰との対比なのか、白姫自身が口にしたわけじゃないけどすぐにわかった。

白姫が大丈夫だと言う時、どことなくカミーユさんを彷彿とさせる。親子だからか、それとも白姫がカミーユさんに影響されているからか、その辺は定かじゃないけど、あの時と同じ安心感を感じられるのは確かだった。

白姫は俺からまた離れると、顔を向き合わせた。

「ん」

そして励ますように、俺の頬につんとキスをする白姫。キスなんていつものことなのに、好きな人にされていると思うと過剰に照れてしまって、顔が一気に熱くなっていく。

ダメだ。可愛い……。好きだ……好きすぎる……。俺こんなにこいつのこと……。

「す……」

「……す？」

そう言いかけて、またやめてしまった。言ってしまうと白姫と釣り合いが取れなくなってしまうような気がしたから。

「……いや、なんでもない。ゲームの続きやろーぜ」

「ははっ、いいよ」

◇

それから白姫(しらひめ)と二人で過ごす日々が続いた。

時々仕事で白姫が東京にいなくなるけど、それ以外の日はほぼ毎日白姫の家に通った。

近くをデートもしたし、一緒にゲームもしたし、料理を作って一緒に食べたりもした。

そして毎日、何回もキスをした。

会ってすぐ、挨拶するみたいにキスして。

お互い隙があれば、悪ふざけをするみたいにキスして。

帰る時、名残惜しさを慰め合うようにキスをする。

そして、それはエスカレートした。

発端は白姫からの誘いだった。

「これ見よ」

ある日、白姫がテレビのサブスクリプションで韓国ドラマをつけた。一話三十分、二クールあるそのドラマを、一日四話ずつ見るのが日課になっていて、気づけば最終回に至っていた。

最終回、一度お互い離れ離れになった恋人同士が再開し、昂(たかぶ)った二人による熱いキスシーンが流れた。

ただくっつけるだけじゃない、お互いがお互いの唇を貪るような、二人の唇が吸い付き合うような、俺たちがしたことないような、そんなキス。

普段ドラマを見たりしない俺としては、刺激が強いキスだった。これが本当のキスなんだ、と俺は息を飲む。

夢中で見ていたからか、外は暗くなり、昼間のまま部屋の明かりを点(つ)けていなかったため、今俺たちを照らすのは、そのキスシーンを映すテレビの明かりだけだった。

白姫の方をふと見ると、白姫もほぼ同時にこちらを向いた。

そして、もうお互いわかりきったように顔を近づけてキスをした。

そして白姫が言った。

「ねえ、あれ、やろ」

「あれ……？　あれって……」

白姫が求めたのは、まさに目の前で起こったキスシーンの再現だった。

「んむっ……」

俺が返事をする間もなく、白姫は俺の唇をもう一度誘うようにつついた。

やろう、というより、やって欲しそうだった。ここのところキスは俺からの方が多かったし、自分から仕掛けるのが今更恥ずかしくなったのだろうか。

俺は白姫の顔を見つめた。テレビの光で薄く光る眼が俺を見つめて揺れている。手の甲を白姫の頬に当ててると明らかに熱いのがわかった。

そんなに可愛い顔されたら、やんねえわけにもいかねえじゃん。

「どんな感じだっけ」

俺はそう言って、白姫の下唇を口で捉えた。

最初は唇を啄むように、何度も顔の角度を変えながら。

「こう?」

「ふっ、んっ……ん、そうかも」

白姫の喘ぎ声が漏れた。

「かわい……」

もっとそれが聴きたくて、食むように、吸ったり、密に触れ合う。

「……どう?」

そう訊くと、床に突いていた俺の右手に白姫の左手が忍んできた。

「やっばい……」

「……舌、出して」

俺が命令すると、そんなのドラマになかったのに、白姫は、れ、と舌を出す。

「そう。うわ、えろッ――」

俺は白姫の後頭部に手を添えて、まず甘く唇で挟み込んだ。そして自分も口を開けて舌で迎えると、白姫の舌が僅かに自分のに絡みついた。

そこからは意識するまでもなく、無邪気にお互いが求めあった。

「はぁ……んっ……」

「声めっちゃ出てる」

「うん……やめないで……」

「ごめんごめん」

そういえば、肩揉(も)んでやったり、ちょっと脇腹に腕が擦(こす)れただけで、声出してたっけ。白姫って多分、声出やすいんだろうな。

そう思うと余計に昂(たかぶ)った。

テレビではいつの間にかドラマが終わって、メニュー画面になっていた。そんなこと気にもせず、俺は、今日はクッションの上に寝ていたヌーちゅからクッションだけを抜き取り、白姫の背後に敷く。そしてとうとう白姫を押し倒した。

もこっと頭をクッションの上に置いて仰向(あおむ)けになった白姫。白姫の胸が膨らんだり萎(しぼ)んだりするのが速い。呼吸が荒いのが顕著だった。俺のせいか、それとも本人のせいか、ぬらりと艶めかしく光る唇がたまらなく恋しくなって、俺はまた何度も白姫の唇を貪った。

白姫、好き、マジで可愛い。

いつまでも続けていられるけど、いつまでも続けていることでもない。俺は顔を離して一旦止めて、白姫を見下ろした。

「……ごめ、やりすぎたな」

「ううん、いいよ……」

白姫の濡れた口の端を俺が親指で拭うと、白姫は口を閉じた。拭い終わると、白姫は「ぷぁ……」と、また薄く開いて口で呼吸をする。

熱い吐息が数センチの距離で溶け合う中、白姫は俺に覆われながら、ゆっくり膝だけ立てた。

「うっ……あっ……」しまった、と思う。白姫の膝が俺の下腹部を押したのだ。だけど白姫は、それをわかっていたようににまっと笑った。白姫が確認のためにわざとやったんだと、すぐわかった。白姫はぐりぐりと膝を上下して刺激してくる。そして俺を迎えるように両腕を開いた。

「――して」

白姫が言った。その瞬間俺の頭に過ったのは、いつかの体育倉庫での出来事だ。どうせいつかすることだから、と、そう俺を受け入れた白姫の手は震えていた。

今でこそ当たり前のようになっているが、白姫がいつも俺の隣にいてくれるのは取り引きの延長線上の白姫の優しさなのだ。

今だってそう。親父（おやじ）の言いなりになり、白姫家の後継ぎ息子になり、やけを起こした俺が白姫に縋（すが）り、白姫はそれを優しさで受け入れてくれているだけなのだ。

今のこの状態って、白姫のためになってんのか？

たった一幕思い出しただけで、フィルムを引っ張り出したみたいに、白姫と過ごしてきた日々を思い出す。

白姫はずっと自分の思い通りに過ごせないことを悩んでて、ワガママを言いたがって、本音を言えなくて困っていた。

そんな白姫が喜んでくれたのは、自由でいられる俺との主従関係だった。

なら、今はどうだ？　俺は白姫になにを与えてやれてる？　なにを叶（かな）えてやれてる？

今の俺達（たち）の関係で言いたいことと言えているのは、欲望を叶えているのは、俺の方になってないか？

そう思うと、一気にこの状況に罪悪感を覚えた。俺が自分の欲の発散と寂しさを紛らわすために白姫を弄んでいいわけがない。

白姫に告白できない理由が今わかった。白姫はあくまで厚意で俺のそばにいる。それなのに俺が好意を抱いているのは、ただの一方通行だからだ。

「やめとくか」

「……え？」

「ほら」

白姫の背中と頭を抱え、白姫の上半身を起き上がらせると、白姫はきょとんと目を丸くしている。

「なんでやめちゃうの？」

「いや、なんつーか……今じゃねえかなって」

「でも、いいの？　それ」

白姫はそう言って、目線を下に落とした。

「は？　あ……いや、これはすぐ治まるから……その、ギャグアニメとかお笑い番組とか点けてくれたら」

「なにそれ、いいけど」

白姫は「ははっ」と笑って、本当にリモコンを持ってバラエティ番組を点けた。

俺はホッとため息をついたが、白姫の口数は少し減ってしまった。

◇

「……そのカッコで行くのか？」

「そうだけど」

またある日の夕方頃、白姫の家でゲームの最中、白姫がジュースとお菓子を買い足したいとコンビニに行くつもりで立ち上がった時、格好が部屋着のままなことを俺は指摘した。

「え、でも……」

白姫の格好はいつも通りTシャツとショーパンだった。財布とケータイはショーパンのポッケには入らないから、抱えている。そのショーパンから伸びる生脚を他の人に見せて欲しくない。いや、まあ、俺の願望なんだけど。

「下、ジャージかなんかねえわけ？」

「あっついじゃん！　夏なのに」

「いやまあそうだけどさ……えーどうしよ」

ならしょうがねえ。と、俺はゲームをポーズ画面にして立ち上がった。

「あーじゃあ俺も行くわ」

「え？　いいけど、え〜、そこまで〜？」

白姫はケラケラと笑った。

「笑ってっけどマジ危ねえから。もう暗くなるしさ。不良の俺が言うなら間違いねえ」

「そう？　ならお言葉に甘えて」

そしてゲームはセーブし、テレビを消して、俺達(たち)は二人で家を出て、近くのコンビニに向けて歩き出した。

「透衣(とうい)くん、優しいね」

「お前になんかあったらやだしよ」

「ふ、ははは……学校一の不良とは思えないなー」

白姫(しらひめ)はまた笑った。ただ俺のことを可笑(おか)しく笑うのとは裏腹に、手はスルリと俺の手に伸びてきた。

俺もその手をぎゅっと握った。

「甘々透衣くんだ」

「はい？」

「今の透衣くん。甘々だから、甘々透衣くん」

「んだよそれ」

白姫が横で笑っていることに、俺も微笑(ほほえ)みが漏れた。

優しさとか、気を遣わせたとか、そんなんじゃない。白姫じゃあるまいし、他の誰かのためにここまでしない。

白姫、俺はただお前のことが好きでしょうがないだけだよ。

ただ、優しいねという一言にどこか安心を覚え、一つポイントが加算されたような気持ちになる。今俺は白姫のためになれたのだ。

それでも尽くし切れていない感覚は、白姫を押し倒してしまったあの時からずっと拭えないままだ。

コンビニを出てレジ袋を持った状態で、白姫が少し歩かないかと提案してきたのでのった。

白姫に連れられて家よりさらに南に行くと、公園があった。そこの公園は港の海がすぐ側にあって、海風が吹いていて涼しかった。

公園の端の手すりの向こうにはすぐそこに海面がある。夕方のオレンジ色が反射してギラギラしていた。

「いいとこ住んでんなー、お前」

「でしょー。でも透衣くんの家もすぐそこが街で住みやすいと思うけどね」

「……そうかな」

当時は無我夢中で夢を追いかけていたが、今思えばあそこは、俺がずっともがき苦しんできた場所だ。あまりいい思い出がなく、素直に頷けなかった。

白姫は俺の手に持っているビニール袋に目を落とした。

「ミルクティー取って」

「もう飲むのか？」

「うん」

「じゃあ俺もいちごオレ飲も」

「好きだよね、いちごオレ」

「まあな」

奥まで辿り着くと、白姫は手摺に手を置き、ミルクティーを口にしながら海の向こうを見ていた。と言っても、向こう側にはすぐそこに埠頭があるだけだ。見入るほど綺麗ではない。

「日、沈むね」

「あー、うん」

「もう今日も一日終わるんだ。なんだか透衣くんと一緒にいると、一瞬だ」

「俺も、お前といると楽しいから」

横で手摺を背もたれにする俺がそう言うと、白姫はくりっとこっちを向いた。

ちむっ——。

キスをする。いつもの事だけど、白姫からのキスだ。この前の一件の後、また白姫からのキスの方が多くなった。

それがどういう意味を持つか、頭に過ぎって目を逸らし、俺は適当な話題に逃げた。

「夏休みもぼちぼち折り返しかー」

「多分、ずっとこんな感じなんだろうね」

「なにが？」

「結婚したら」

「ふざけんなよ。俺は社長になっちまうんだぞ？　絶対忙しいに決まってんじゃん」

「ふふ、そうだけど、そうじゃなくて」

白姫は頬杖をついた。

「ご飯食べて、仕事して、したくなったらキスして、一緒に寝て、そういうの繰り返して、あっという間におじいちゃんとおばあちゃんになるんだろうなって」

「……あぁ」

「でもね、怖くないよ」

白姫はへら、とまた笑った。

「透衣くんと一緒だから」

やっぱり俺は、白姫の笑った顔が好きだ。白姫が嬉しそうに笑ってくれると、俺も幸せな気持ちになれる。だけど俺は白姫に笑い返すことができなかった。

俺は幸せだけど……本当に、白姫はこれでいいのかな。

この先もずっとこうやって、笑わせてやれるのかな。

◇

白姫が東京に行ってしまい、いない日。俺はずっと自堕落な生活を送っていた。白姫といる時間以外、もうなにをするのも意味がないことに思える。

そんな時、夕方頃、家のインターホンが鳴った。モニターに映っていたのは、

「……雅人さん？　なんで……」

『透衣くん……？　良かった、家にいたか。いや、今リラ東京にいるだろ。リラから聞いたんだ。どこまでを透衣くんに話したのか。その件で少し話したいことがあって』

「……その話、二回目っすよ。仕事しすぎてボケたんすか」

『いや、そうじゃない。リラはまだ隠してる』

「え……？」

俺が掠れた声を出すと、雅人さんはゆっくりと俺に訊いた。

『聞くかい？　本当のリラの過去』

Chapter

5. 過去

Cet amour vous convient-il ?

雅人さんを家に入れて、俺は詳しい話を聞き始めた。

カミーユさんは元々、俺の母親が俺を身籠る前に、親父(おやじ)が通っていたこの辺のキャバクラ嬢だったらしい。妻という存在がありながらキャバクラだなんて、恥ずかしい話だ。

ただ不思議なのは、カミーユさんが一体何者か、具体的には親父も雅人さんも、そして白姫すらも知らないという。カミーユさんが言うには、家が嫌でフランスから飛び出してきたとの事だったそうで、みんなが知っているのはそれだけらしい。

そんなカミーユさんは、そのキャバクラに在籍している時に客との子を妊娠した。それが白姫リラ。

しかしその相手に逃げられ、なけなしの金を切り崩して白姫リラを出産する。出産後、生まれてまもない娘を抱えた状態で夜職はできない。ただカミーユさんには他に頼る所もなかった。

途方に暮れている時に、カミーユさんは親父と再会。親父がたたもうとしていたメゾンに転がり込んだらしい。

そこで雅人さんは、カミーユさんと出会った。

白姫の過去は、そこから始まった。

物心のついた時から父親という存在がおらず、リラは母親と二人で暮らしていた。母親であるカミーユはメゾンというビストロのシェフ。リラは母とそのビストロの二階、今の透衣(とうい)の部屋に住んでいた。

「うぇー、またパンペルデュ？　リラ白いご飯食べたーい」

小学二年生になったリラ。リラの家の朝ごはんは、常にパンペルデュだった。理由はひとえにカミーユの節約。廃棄になったフランスパンはそのまま貰(もら)えてお金がかからない。リラはダイニングの椅子の背もたれからだらーんと滑り落ちる。フランスの血が流れているとはいえ、育ちは生粋(きっすい)の日本人であるリラ。いつも洋食を作るカミーユにうんざり。和食に憧れていた。

「もー、リラは本当にワガママなんだから。我慢してよねー。それでも美味(おい)しいって食べてくれる人もいるんだから」

「うっそだぁ……誰？」

「え？　透衣くんよ」

「はぁ、またそれ……」

君波透衣。カミーユはよく彼の名前を口にしていた。その度にリラは呆れていた。今も短い金色の髪を指に巻きながら、ため息をつく。

「あんなのただの泣き虫じゃん」

「リラ！　仲良くしてないのにそんなこと言わないよ」

「仲良くしなくてもわかるもん！　弱虫～」

当時、透衣はリラのことを知らないが、実はリラは透衣のことを知っていた。透衣がカミーユに会いに来る時、こっそり覗いたりしていたからだ。

その時の透衣の印象は、自分の母親に泣きついて甘えている赤ちゃんみたいな男の子だった。

「透衣くんは偉いよ。リラみたいに人のこと悪く言ったりしない優しい男の子だし、学校の成績すごくいいんだって、勇さんが言ってたよ？　勉強もできるしスポーツだってできるんだって！」

「運動ならリラだってできるもん……」

「勉強は？」

「うっ……」

「ほら、早く食べちゃって！　遅刻しても知らないよー」

「はーい……」

リラはパンペルデュを食べもしないのに行儀悪くフォークでつついたりしながら俯いた。

カミーユは叱る時、いつも透衣を引き合いに出す。リラの知っている透衣は、お坊ちゃんだ。金持ちの息子で、習い事にいっぱい通って、いい家に住んでいて、しかも絵に描いたような坊ちゃんヘア。

なにより自分と違うこと。それは父親がいること。

自分とは違い、恵まれている、幸せな男の子。子供ながらにリラはそう思っていた。

リラは、そんな透衣に少し嫉妬していた。

◇

ある日、リラの通う小学校で、『父の日の作文』という大きな宿題が出た。期限は一週間。だが父親がいない子どもがリラを含めて三人ほどいて、その子達に担任の先生は「誰でもいいんだよー、おじいちゃんでも、おばあちゃんでも、ご親戚の方でも、三人は誰か家族のことを書いてねー」と言った。

他二人は祖父母にすることにしたが、リラは困った。自分に家族と言える存在は母親しかいないのだ。

カミーユの両親がどうしているのか、リラは聞かされておらず知りもしない。最低な人だったとだけは教えられている。

じゃあ母親のことを書くべきか、それも違う。つい先日母の日の作文を書いたところだったのだ。

「うーん、なに書けばいいんだろ」

そう呟いた時に業間休みになった。当時から人気者のリラは、休み時間になると、あっという間に友達に囲まれる。

「リラちゃん！　一緒に遊ぼーー！」

「ん、いいよ！」

リラが快く答えると、友人達は大盛り上がり。

「おえかきするー？　私ペン買ったんだ！　金色と銀色も入ってるやつ！」

「えー！　見せて見せてーー！」

「私それでプリンセスかく！」

そうして、一人の女の子が持ってきた色付きペンを使って、リラを中心とした女子グループは、自由帳に思い思いの絵を描いた。そんな時、金色の水性ペンを手に取っていた一人が呟く。

「リラちゃんいいなぁ、金色の髪」

「そう？」

「私もリラちゃんの髪好きー！　綺麗！」

「えへへ、そかなぁ」

また一人がそう言い、リラの後ろに回ってリラの頭をぎゅっと抱きしめた。

「なんでリラちゃん、髪短いの？」

「たしかに！　長かったらお姫様みたいなのに！」

ふとそう言われ、リラは思う。そういえば自分の髪型なんて気にしたことがなかった。

月に一度カミーユが散髪を行い、いつもおかっぱヘアにしてしまうため、伸ばすという選択肢がなかった。

「長かったらもっと綺麗かな……？」

リラがそう言うと、他の女の子はみんな顔を見合わせてキラキラした顔で頷いた。

「「「うん!!」」」

◇

「ママ！　リラ今日から髪伸ばすから！」

帰ってきて開口一番、メゾンの厨房で仕込みを行っていたカミーユに、リラはそう言った。作文のお父さんの件はもうすっかり忘れてしまっていたのだ。

「えー！　なんで～……ママ髪短いのが好きなのに～……」

「だって、その方がお姫様みたいだもん」

「えー、お姫様に髪の長さなんて関係ないのに。髪の短いお姫様だっているかもしれないじゃん」

「いないよ！　ぜーったいいいない！　長い方がいい！」

だが、一度こう言い出したリラが言うことを聞かなくなることをカミーユは知っているので、カミーユは「ママ、リラの髪切るの好きなんだけどなぁ……」と拗ねつつ、リラの意思を否定したりはしなかった。

少しずつ親離れしていく娘を寂しく思うのは親の性だ。

そしてカミーユは、「それはそうと」と、店のカウンターに座って頬杖をつくリラに切り出す。

「リオレあるけど食べる？」

「食べる！」

カミーユは冷凍庫から、タッパーの中に凍らせておいたリオレを取り出し、適量をスプーンで掬いとると、皿に載せた。リオレは凍らせてアイスのようにして食べても美味しいのだ。

「はいどうぞ！」

「わーい！」

「リラ、今日はもうちょっとだけ下にいた方がいいよ」

カウンターでリオレの冷たさに「んー！」と悶えるリラに、カミーユはにたにたしながらそう言った。

「ん、なんれ？」

「まあまあ、もうすぐだと思うよ」

冷たいスプーンを咥えたまま、リラは首を傾げる。

そしてリラがあっという間にリオレを完食したその時、店のドアベルがカラカラと鳴る。

扉から入ってきたのは、リラの大好きなあの人だった。

「雅人おじさん！」

「やあ、リラちゃん！　それとカミーユさんも！」

「雅人さん、いらっしゃい！」

リラが保育園児だった頃、透衣の父親の紹介で知り合ったカミーユと雅人の二人。その後も何度か会うと、お金持ちでなんでも買ってくれる優しい雅人にリラが懐き、以来、雅人が仕事が空いた時、月に一度くらいこの街に訪れるのが恒例になっていた。リラはそれを楽しみにしていた。

「え！　今日帰ってくる日だっけ！」

リラは高い椅子を下りて、一目散に雅人の元へ駆け寄る。

「あー、カミーユさん、もしかしてリラちゃんに言ってなかったの？」

「うん、サプライズにした方が面白いかなって！」

「そりゃびっくりするね、リラちゃんも。ういしょお！」

「わぁ！　はは！」

雅人はリラを抱きかかえると、リラは嬉しそうに雅人に抱きついた。男の人の力強さ、それがリラにとってはとても新鮮なものだった。

「実は仕事でしばらくこっちにいることになってね。今日から一週間だけ、毎日会いに来れるようになったんだ」

「一週間!?　毎日!?　やったぁ！」

「もー、そんなこと言ってリラのことあんまり甘やかさないでね？」

「いやぁ、それはどうかな……」

「へへ、雅人おじさん、甘やかしてぇー」

「こんなに可愛い子、甘やかしちゃうに決まってるよねー」

「うみゅ～、ふふ！」

リラは呑気にそんなことを言って、雅人はリラの無邪気な頬をぷにぷにした。

「まったくもーリラったら……雅人さん相手だとすぐ可愛こぶるんだから。それじゃあ雅人さん、しばらくよろしくね！」

「うん！　じゃあ行こっか、リラちゃん」

「どっか連れてってくれるの？」

「カミーユさんが仕事の間、一人じゃ寂しいでしょ。カミーユさんがどこか連れてってあげてってさ」

「じゃあリラ、おもちゃ屋がいい」

「またおもちゃ買ってもらおうとしてる！」

「だってママ買ってくれないじゃん！　雅人おじさんはそんな意地悪しないもんね」

「カミーユさん、気にしないで。僕もリラちゃんに子どもらしいことさせてあげたいし」

「それは……そうだけど」

カミーユは少し困ったような、もしくは不服そうな顔をして、「じゃあいいけど」と首肯した。雅人はそれを見て、「やったね」とリラと笑い合う。

「じゃ、行ってきまーす」

「へへ！　行ってきまーす！」

「はーい！　気をつけてねー！」

雅人はそのまま、リラを抱いて店の外に出た。

◇

おもちゃ屋でリラが欲しがったビーズアートのおもちゃやデコシールのセットを買った後、さらに洋服屋でリラが気に入った服をいっぱい買った。そして帰り際、雅人はリラが食べたがったファストフードをドライブスルーで買って、リラに食べさせた。

今は雅人の車の中だ。

「おいひ～！」

「そう、良かった。普段は食べないの？」

雅人がそう聞くと、チーズバーガーを頬張るリラは大きく頷いた。

「ママ、ケチだからさー」

「そんなことないよ。カミーユさんはいい人だ」

「えー、雅人おじさんは普段のママのこと知らないからそう思うんじゃない？　怒ると恐いんだよ？　それに、いっつも男の子の話をするんだ」

「お、男!?」

「うん、リラと同い年のね、透衣くんていう子」

「なんだ……」

勇の息子か……と、雅人は胸をなでおろす。

「リラはその子より、雅人おじさんの方が百倍カッコいいと思うけどね」

「そう、かな……？」

「あーあ、雅人おじさんがパパだったら幸せなのになぁ」

「本当に？」

「うん！　あ、そういえば！」

リラは作文の宿題のことを思い出す。

「作文、雅人さんのことを書けばいいんだ！」

「作文？」

「そう！」

リラは雅人に父の日の作文のことを説明する。

「なるほど。僕でよければ書いてくれて構わないよ」

「やったぁ！　これで作文がかける！　あーあ、どうせなら雅人おじさんとママ、本当に結婚しちゃえばいいのに！」

「け、けけ、結婚!?　リラちゃん……」

「だってそうすれば、雅人おじさんが本当にあたしのパパになるでしょ？」

突拍子もない提案に、雅人は思わず運転する手元を狂わせそうになった。

リラの方を見ると、リラは助手席で普通の顔をしてチーズバーガーをむしゃむしゃ食べていた。

「雅人おじさん、ママのこと嫌い？」

「え、いや嫌いじゃないっていうかむしろ……」

当時、雅人はカミーユのことが好きだった。雅人が時間を見つけてはこの街にやってくる理由も、ひとえにカミーユに会うためだ。

「好き!?」

リラが驚いた顔でそう訊くと、雅人は頬をポリポリとかきながらも「うん……好きだよ……」と頷いた。

実はカミーユと雅人は既に恋人関係にあったのだ。しかし、それが最近どこか雅人の片思いになり始めているのも確かだった。

「それじゃあ本当に結婚するしかないじゃん！　そしたらリラもお金持ちで、お洋服もいっぱいで、美味しいものもいっぱい食べられて、お姫様になれる♡」

「い、いやでも……」

雅人は以前、カミーユへのプロポーズに失敗していた。理由はカミーユが今の暮らしを気に入っていて、東京に行くことを拒んだからだ。カミーユがフランスの良い家柄で育ち、それに嫌気がさして日本に来たという断片的な過去も聞いているため、雅人もそれを理解でき、下手に説得もできない。それにまた、自分の元に嫁がせて過去の二の舞のような息苦しい生活をさせるべきじゃないということもなんとなく察しがついていた。そして、この恋の駆け引きにおいてリラを自分の味方につけることが倫理的でないことも、雅人はなんとなくわかっていた。

とにかく話を誤魔化そうと、雅人はリラに口止めをした。

「か、カミーユさんに言わないでね……リラちゃん……」

「へへ、言わない言わない！」

リラはそれをちゃんと理解したのかしてないのか、「はぁ～、二人が結婚したら上の名前は白姫になるのかぁ♡　お姫様みたい♡」と頰に手を当てていた。

本当にわかったのかな……と、雅人はハンドルを持つ手の人差し指でトントンと叩いて気を紛らわせた。

◇

一週間、雅人は毎日カミーユとリラに会いに来た。カミーユもリラもそれを喜んでいた。ただリラにとっては一週間という時間は物足りず、対してカミーユにとっては雅人とは今のこの関係が一番心地よかった。

雅人が東京に戻る前日、リラは父の日の作文に雅人のことを書いていた。

「おー、リラ、それ作文？」

「うん！　へへ、見ないでよ。明日の発表までは内緒なんだから」

作文の発表会がある参観日と、雅人が東京に帰るための休みの日が丁度被り、その日はカミーユと一緒に雅人も参観に来ることになっていた。

「内緒？　へえ、じゃあ楽しみにしてるね」

「うん、楽しみにしてて！」

この作文が三人の人生を左右するとは、カミーユも、雅人も、そしてリラも、知らなかった。

◇

発表会当日。

「では次、リラ・マルティンさん」

「はい！」

リラの通う学校の教室の後ろは、我が子の発表を聴きに来た親達で溢れかえっていた。父の日ということもあり、男性も多くいる。

リラは習った通り、作文の紙を自分の胸の前に掲げ、読み上げ始めた。

「私にはパパがいません」

冒頭、リラがそう読むと、和やかだった場がすっと静まり返った。それでもリラは、はきはきと、自信を持った大きな声で文を読んだ。

「でも私には、雅人おじさんという大切な人がいます。ママのお友達です。雅人おじさんは優しいので、私のことをいつも甘やかしてくれます。でも時々甘すぎて、ママに怒られたりもしています」

みんながリラのユーモアに、微笑みをこぼす。カミーユもそれにふふ、と笑い、雅人はそれに居心地悪そうに「どうも……」と苦笑いしながらペコペコ頭を下げた。

「そんな雅人おじさんが、私もママも大好きです。そして、雅人おじさんもママと私のことが好きです。私は二人に――」

その瞬間、雅人の血の気が引く。

「(まさかリラちゃん……!?)」

「私は二人に、結婚して欲しいです!」

場が「「「おぉ～……」」」と盛り上がる。「えっと、あぁ、どうしよう……」といたたまれない様子の雅人の横で、ぽかんとリラの発表を見つめるカミーユ。

「ママと雅人おじさんが結婚すれば、私は幸せになれると思います。きっと雅人おじさんが、私のことも、それからママのことも幸せにしてくれると思うからです」

リラは最後、作文を畳み、今日一番、大きな声を張った。

「雅人おじさんは、私の未来のお父さんです！」

そしてリラは、「以上です」と言って席に座った。

リラの熱弁に応える大きな拍手が教室を包み込んだ。

雅人とカミーユ、二人を祝福するムードの中、雅人はまたペコペコと頭を下げながら、カミーユの方を気にした。

カミーユはうっすらと笑みを浮かべ、リラに向かって拍手を送っていた。

その笑顔が少しだけひんやりしているなと、雅人は思った。

◇

参観を終え、雅人を東京に送り出すため、カミーユとリラは新幹線の駅に来ていた。

「……それじゃあ、また近いうちに」

「ええ、また」

カミーユと雅人はお互いの目を合わせて頷(うなず)いた。

一方でカミーユの手を握るリラは、またしばらく会えなくなる雅人(まさと)のことを見つめていた。

「リラちゃんも、またね」

「…………やだ」

リラはそう言って、雅人の脚にしがみついた。

「雅人おじさんと一緒がいい……」

「リラ、ワガママ言わないの」

「ワガママってなんで……？　みんなにはパパがいるのに、リラだけパパのこと欲しがっちゃいけないの？」

「リラ……」

「リラちゃん……」

雅人はリラのことを抱きかかえ頭を撫(な)でてやる。するとリラは泣き始めた。

「うぅ……うぇええん……」

「……よしよし。まだまだリラちゃんは甘えん坊さんだな」

「甘えん坊じゃないもん……当たり前のことだもん……リラだけ……なんで……リラはなんで貧乏で、なんでパパがいないの……なんで……なんで……」

そのリラの嘆きが、カミーユの心に深く、もう二度と抜けないほどに刺さり込んだ。

「り、リラちゃん。そんなことないよ。そんなの人それぞれだ。リラちゃんが当たり前だって思うことが当たり前じゃないお家だってあるんだよ？」

「そんなの知らないもん！　うぅ……」

そして、カミーユはこの場で決断した。

「結婚、しましょうか」

「「え……？」」

カミーユの顔は笑っていた。

「私が間違ってた。今のこの関係が、今の暮らしが私には合ってると思ってた。でもそれはリラに、自分の大切な娘に無理を強いていた」

口調はどう考えてもリラに向けてでなく、雅人に向けて、いや、子供にはわからない大人に向けての言葉だった。

「でも私は母親。リラが幸せに暮らせるようにするのが母親の役目だもの。そんな当然のこと、どうして気づいてあげられなかったんだろう」

「カミーユさん……」

「……雅人さん。私、あなたのこの前のプロポーズ、やっぱり受けます。今からじゃ遅いですか……？」

「……そんなことない！」

雅人(まさと)は自分でもびっくりするくらい声を張って答えた。それは発表の時、自分の意思をはっきり口にするリラを見ていたからだと、雅人はその時思った。

「僕はあなたのことを心から愛してます……だから、もし結婚してくれるのならこれ以上ない幸せです！　僕もあなたのことを一生幸せにしてみせます！」

「そう、ならよかった」

カミーユは晴れやかに笑った。さっき参観の時に垣間(かいま)見(み)えたどこか冷たい微笑(ほほえ)みはなんだったのだろうかと一瞬頭によぎるが、それでも笑ってくれたカミーユを見て、雅人はホッとする。

「結婚する⁉　二人、結婚する⁉」

「ええ、リラもそうすれば幸せでしょう？」

「やっっっったぁぁぁ〰〰〰！」

「り、リラちゃん暴れないで！　落ちる落ちる落ちる！」

リラは雅人の腕の中で大暴れした。

「パパ……！」

「えっ……！」

そしてリラはぎゅっと雅人に抱きついた。

「リラのパパ……！」

「うん……！　そうだよ……！　僕、リラちゃんのパパだよ！　僕がリラちゃんのこと、絶対幸せにするからね！」

「うん……！」

雅人も応えるようにリラを抱きしめると、リラはまた、静かに涙を流し始めた。ずっと父親という存在が欲しかったリラにとって、その温もりはずっと求めてきた、男の人の温もりだった。

「もう、リラ。降りなさいって。雅人さんも、そろそろ本当に新幹線来ちゃうから」

「ああ、そうだね……」

リラは落ち着きを取り戻して、カミーユの手の中に戻った。

「じゃあ、向こうに戻ったらすぐ連絡するから……！」

「ええ、待ってるわ」

「パパ、またね！」

そして、三人は別れた。後にこれがきっかけで、カミーユとリラは東京に引っ越すことになる。

——それが、透衣が不良になるきっかけになったのだった。

透衣が倉庫から取り出した写真は、勇が、カミーユとリラを、二人のメゾンでの最後の日に撮って、焼いたものの渡すことができなかった写真だった。

◇

時は流れ、リラは中学二年生になった。

リラの背は、そして髪は、すっかり伸びた。真っ直ぐに伸びる金髪に、成長期を迎え徐々に女性らしい身体付きになっていくリラは、通っている東京の中学で大勢の男子の目を引く存在になっていた。

そして生活水準も大きく変わった。定期的なお小遣いはないが、リラが必要とすればその分だけお金が貰えた。高価な買い物は勝手にはできないが、雅人がすぐに買ってくれた。

その分リラも雅人のために苦手だった勉強をいっぱい頑張った。社長の娘として見合うように、日々自分を磨いた。

そんな生活に一向に慣れなかったのがカミーユだった。

ある日、カミーユが雅人と一緒になにかのパーティにでかけ、二人ともげんなりして帰ってきていたのがリラにとって印象的だった。パーティという華やかで楽しそうな場所と、二人の様子には明らかに想像とのギャップがあった。

そしてまたある日の深夜、喉が乾きキッチンの冷蔵庫に向かったリラは、カミーユがだだっ広いリビングで一人すすり泣いているところを目にした。それは東京に引っ越してからよくあることで、なにも珍しいことではなかった。

何度かリラがどうしたのか訊いたことはあったが、カミーユは「ごめんね」と謝るだけで「なんでもないの」となぜ泣いているのか答えてくれなかった。

そんなカミーユは泣きながら時々、「透衣くん……」と呟いて、外したピアスをぎゅっと握っていた。

カミーユに訊いても教えてくれないので、リラは雅人に訊いた。だが雅人に訊いても、「僕がなんとかするよ」と言ってはぐらかされた。

リラはどうにかしたかったが、リラにはどうすることもできなかった。

この時カミーユは、過去に夜の仕事をしていたことを雅人の父親に罵られたり、雅人の仕事相手の婦人達にもいじめられたりしていたのだ。

また、後継ぎのための息子を欲しがる雅人を、カミーユは目的のために子供を産むのは嫌だと、拒んだ。雅人は強要しなかったが、雅人の父親がそれを叱責した。

カミーユの身の丈に、口に合わない生活。それはカミーユを苦しめた。でもこの生活は、愛するリラのために始めたことだ。やめるわけにもいかなかった。

――ただ、ある日、なんのきっかけもなくぷっつりとカミーユの中で生きる気力が失せたのだった。

病院の帰りだったらしい。その駅を通過するはずだった電車の前に、カミーユは。

リラがその知らせを受けたのは学校の授業中だった。

先生から知らせを受けた時、リラの口からは言葉が出なかった。その場で崩れ落ち、言い表せないほどの焦燥が胸に渦巻いた。

あたしのせいだ——。

リラはそう思った。

でも、焦って(あせ)も遅い。カミーユは既にこの世にいないのだ。もう自分が自分をどう改めても、カミーユは戻って来ないのだ。

病院で最後の挨拶を、ということで、先生に車に乗せられ、母がいるという病院に降ろされたのだが、生きていない母親に挨拶なんて、と思ったリラは、その病院の中に入らず、都会の街をひたすらぽつぽつと歩いた。

美貌が嘘(うそ)のようなやつれた顔で、頭の中でなぜこうなったのかを無駄にも考える。

真実は知らないが、なんとなく分かっていた。今の生活がカミーユに合っていなかったということを。

でもリラにとっては東京が自分のホームだ。家よりカミーユの身が休まる場所と言われて、思いつくことはなかった。

どうにかしないとと思っていたが、どうにもできなかった。

雅人から病院に来るように電話がかかってきたものの、リラは行かないと電話を切った。

行くのが怖かった。行って自分の母が自分のせいで死んだことを確認したくなかった。

気づけば家に帰ろうとしていた。帰る手段として、自然と電車が浮かんだ。

駅につく。その駅の掲示板の『遅延』という文字と、その遅延に巻き込まれたたくさんの人集り（ひとだかり）が目に入った。

「マジで勘弁してくれよ」

「死ぬなら迷惑かけずに死ねよ」

「人騒がせなやつだな」

まさか、と思い、リラはＳＮＳを開いた。

『○線、△駅～□駅区間。×駅での人身事故により運転見合わせ』

『また人身事故。もうやめてくれよ』

『人身事故だる、打ち合わせ間に合わん』

『ただでさえギリで家出たのに遅延。三限オワタ』

『遅延。待ち合わせ遅刻確定』

リラの手から携帯が滑り落ちた。

一つ一つ、後悔の記憶が津波のように頭の中に押し寄せる。

ぜんぶ、ぜんぶ、ぜんぶ、

ぜんぶ、ぜんぶ、ぜんぶぜんぶぜんぶぜんぶぜんぶぜんぶぜんぶぜんぶ――。

「あたしの、せいだ」

◇

カミーユの葬式は家族だけで行った。もっと言えば、カミーユ側の家族は来ず、雅人側の親族も呼んでいないため、雅人とリラ、葬式業者だけで執り行われた。カミーユはフランス人だが、日本に国籍を変更していたため、葬式は日本の一般的なもので良かった。ただ墓に関してはカミーユの宗教のことを考慮し散骨になり、つまり墓を作らない選択となった。

リラは一週間ほど、家から、自分の部屋から動けなくなった。自分の思いを告げることが嫌になった。欲望を抱く自分が嫌になった。自分が好きに生きていた時間、カミーユが自分のために自身の身を削っていたことを思うと、胸の中で自分の疚しさが濾されて浮き出るみたいで消えたくなった。

墓もなく、遺されたのはカミーユが家を出る前に置いていったピアスと、カミーユの書いた三通の遺書だけだった。一つは勇宛、一つは雅人宛、そしてもう一つはリラと透衣、二人に宛てたものだった。

そしてある日、雅人と、雅人の家に来ていた雅人の父親の会話がヒートアップしている声が聞こえた。

背筋が凍った。カミーユが死んだことによるなにかであるとするならば、自分のせいだからだ。

リラはこっそり雅人の会話の内容に聞き耳を立てた。

やはり、カミーユが死んだことで、後継ぎを作れないことが問題に上がっていた。

雅人は再婚を拒んでいた。カミーユを愛しているからだと。

あたしのせいだ――。

そして雅人は一つ、方法を呟いた。リラに見合いをさせ、婿養子に継がせるという方法だった。

ただ祖父は反対していた。リラと雅人は血が繋がっていない。リラの婚約相手が会社を継ぐのは、結局白姫家の血筋がそこで止まってしまうことを指す。

だけど雅人はそれでも再婚を拒んだ。そして最後、祖父は血こそ流れないものの『白姫』の名は残るその方法で妥協した。

会話が終わり、祖父が家を去った。そして、リラは雅人の残るリビングに入った。

「……リラ……？　ああ、ごめん。体調、どうだい？　まだゆっくりしてていいんだよ」

「……パパ、さっきのって」

「え、あぁ……もしかして聞いてた？」

「……ごめんね」

「違うよ。何度も言ってるじゃないか、カミーユが死んだことはリラせいじゃない。その他のことだって……！」

雅人はリラが人身事故を自分のせいだと背負い込んでいることを知っていた。だけど病んでいるリラにそれを思い出させないようにするためにも、直接電車の事故は君のせいじゃない、と言うことができなかった。

「……ごめん、それとさっきのあれは父さんを言いくるめるために適当に言っただけだから、気にしないで。別の方法を考えるよ」

ただ、リラにはその話が自分の生きる希望に見えたのだ。

今までワガママで人を振り回してきた分、自分ができる償い。

——誰かのために、ならなきゃ。

「パパ」

「……なんだい？」

「あたし、結婚するよ。パパの力になりたいから」

——

白姫が親父と再会して、親父とメゾンのこと、それから不良と呼ばれるようになった俺の事を知ったのはそれからすぐだったらしい。知ったそのすべてを自分の責任だと思い込んでしまった白姫は、今回のこの話を提案したそうだ。

白姫は嫌そうな顔をするどころか、親父と雅人さんにそうさせて欲しいと懇願したらしい。つまり白姫にとって、この取り引きは贖罪なのだ。

でもそんなの――。

「僕が、この前東京で会った時に知りたかったのはね、透衣くん」

と、ダイニングテーブルで俺の向かいに座る雅人さん。

「この話を聞いた上で、君が、今のこの現状をどう思うかなんだ」

「え、はい……」

「……そんなこと、言われても……」

「……はっきり言ってくれて構わない。僕は君の意志が聞きたいんだ」

全部、白姫のせいじゃない。そんなの誰が聞いても言えることだった。

たぶん、雅人さんが求めているのはそれ以上のことだ。

この取り引き自体が正しいのかどうか。このまま俺と白姫が結婚して、メゾンを閉めて会社を存続させることが正しいのかどうか。話に関わる全員がそれぞれどうするべきなのか。

「もちろん、社長になる選択肢を君に与えたのは僕だ、悪い話じゃないし、君が継ぐ気なら僕もそれを否定したりしない。だけどもし、君が今なにか思っていることがあるなら──答えは急がないよ。でももう一度だけ、君自身の気持と向き合った上でじっくり考えてみてほしい。じゃあ僕は東京に戻らなくちゃいけないから」

雅人さんはそう言って、こう続けた後、俺の家を去った。

僕は君の決断を、覚悟している、と。

Chapter 6. パンペルデュ

Cet amour vous convient-il ?

雅人さんと話をして、やっぱり自分のしている事は間違っていたのだと気づいた。

今のままじゃ、白姫は自分のワガママを捨てて他人のために生きることを選択し、それこそが正しいと思い、カミーユさんが死ぬまでのことを後悔したままになる。

だからって、俺が今からどうやってそれを解決する？　どうやって白姫を使命から解放する？

でも、雅人さんが求める答えはきっとそれだ。そんなの、もうカミーユさんもメゾンも自分の意思も失った俺に答えられるわけがない。

……どうすりゃいいんだよ。

そんな時だった。久しぶりに、メゾンのドアベルの音を聞いた。

下の店の電気が点いて、店に下りるための階段の奥の方にうっすらと光が射した。

今日は定休日だ。今この店に来るとしたら、親父かもう一人。答えは二択だった。

俺はその一択にかけて階段を下り、期待した人がそこにいた。

「……真淵さん。仕込み？」

「ん、そう。今日は許嫁ちゃんちに行ってないのか」

「うん……」

「どうした、浮かない顔して。って、言っても俺には教えてくんないよな」

真淵さんは悲しげに笑って、エプロンをつけた。

「真淵さん、俺……どうしていいかわかんねえんだ」

「……え？」

気づけば真淵さんに語りかけていた。この際誰でもよかった。とにかく俺じゃない誰かならどうするのか、それが気になってすべてを話した。

「そっか、この数週間にそんなに色々あったんだな」

真淵さんは優しく笑ってそう言った。久しぶりに真淵さんの笑った顔を見た。喧嘩（けんか）して、俺が無視したりして、ずっと疎遠になっていたから、優しくしてくれたことに少しホッとした。

「なあ、透衣（とうい）」

「なに？」

「今からパンペルデュ作ってくれよ」

「え？」

「パンペルデュだよ。廃棄になるパン、卵と牛乳に浸してあるからさ。今どうしても、お前のべとべとに甘いパンペルデュを食べたい気分なんだよ」

俺はとぼとぼと仕方なく厨房（ちゅうぼう）に入り、言われた通りにパンペルデュを作る。

一から説明するなら、用意するのは、フランスパン、卵、砂糖、牛乳、生クリーム、バター、そしてバニラビーンズ。

作り方は超簡単。

卵、砂糖、牛乳をボウルの中で溶き合わせ、白姫(しらひめ)に出したリオレの時も使ったバニラビーンズも入れていい甘さに設定したら、ここに手ごろにスライスした硬くなってしまったバゲットを浸す。

そしてこれを、時間をかけて冷蔵庫で冷やしておく。

ここまでは調理してあった。今からの調理はここから始まる。

フライパンの上にバターを溶かし、そこにバゲットを並べる。そして両面にグラニュー糖をたっぷりまぶして、外はカリッと焼き上げるのだ。

ひっくり返す時にグラニュー糖を足しながら、いい感じに焦げ目がつくまで焼き上げれば、完成。

後は皿に盛り付けて、砂糖、シロップをかける。

手っ取り早く、真淵(まぶち)さんのぶんだけ。ちなみに俺のパンペルデュをと真淵さんは言ったので、砂糖やシロップはアホみたいにかけた。

「……『パンペルデュ』です」

「どうも」

パンペルデュの載った皿とカトラリーを真淵さんの待つカウンターの前に置くと、真淵さんは早速パンにナイフを通し、大きめに切った切れ端を口に含んだ。

「あんんんま……」

「だって甘いのがいいって言ったじゃん！」

「お前も自分で食ってみろよ……砂糖かけすぎだろ」

「はぁ？　まあ……」

俺は真淵さんに切り分けて貰った一切れをそのまま行儀悪く手でつまんで食べた。

「美味い」

「バグってんな……」

「うるせえ」

真淵さんは、俺が自分の作ったパンペルデュの味を確認したところを見てほくそ笑むと、もう一度パンを口に入れた。

「まあ美味いならいいか。落ち込んでる時は美味いもん食うに限るよ。今食ってんの俺だけどさ」

「真淵さん……」

「悪かったな、この前胸ぐら掴んだりして」

「別にいいよ……俺もあの時は迷惑かけたし」

真淵さんは俺から目を外してパンペルデュに目を落とした。

「……俺、お前の料理に対する姿勢が好きだったんだよなー」

「なんだよ急に気持ちわりぃ……」

真淵さんはへらっと笑って「まあ聞けよ」と言って続けた。

「透衣は、俺がなんでこの店に来たか知ってる？」

「え？　いや、気にしたことなかった」

「最初はさ、左遷されてきたんだよ」

「……左遷？」

「そう、元々オーナーが経営してる高級店のポアソニエ……まあ魚料理担当だったんだ。けど俺遅刻魔でさー。マジで首になりかけたわけ」

「ええ……」

「でも俺、生まれた時から今まで料理しかしてこなかった馬鹿だからさ。辞めさせられたらもう生きる道ないわけよ。オーナーはそれをわかってたからかどうか知らないけど、そんな俺にここで働くように言ったんだ。『お前はもう一度、自分がなんのために料理するのか考えろ』ってね。それがそん時言われた言葉」

真淵さんは俺を指さした。

「そんな時に、小学生だったお前に会った。最初に会った時のこと覚えてるか？」

「『料理教えてください』って頼んだ」

「そうそう、だから開店前の時間に、仕込みついでに一緒に料理の練習してさ。お前は『この店を守る！』って言って真剣に料理に取り組んでた。それ見て考えを改めたんだよ俺」

　真淵さんはパンペルデュを食べきって、一気に飲み込んだ。

「現場に立つようになって、目まぐるしく厨房が回る中で、俺も食らいつかなきゃって必死になって、それに疲れて……なんか料理イコール仕事ってイメージが俺の中で強くなってやさぐれてた時だったんだ。そんな俺の前に、この店を守るために一生懸命料理やってるお前を見て、あー、俺もこんな時代があったなって、初心に帰れたんだ。仕事で飯作らされてるなんて思ってなくて、美味しい料理を作りたい、食べてもらいたい！　……って、それだけを思って真っ直ぐ料理してた自分を、お前のおかげで思い出せた」

「うん……」

「この店は繁盛はしてない。けど常連さんがいて、その人たちが美味しいって言って料理食べてくれる。それが嬉しくて、昔より自由な気がして、一人で、いや、自分の好きでこの店やるのが楽しくなった。それで今はオーナーに頼んで、この店にいさせてもらってるってわけ。で、なにが言いたいかだよな」

「うん……」

「お前、普段すげーいいこと言っててんの自分で気づいてる？」

「え？」

「『俺の人生は、俺の人生だ』的なこと、自分でいっつも言ってんじゃん。それが俺を変えた君波透衣だ。なんで今のお前は、カミーユさんとか許嫁ちゃんとか、会社とかオーナーとか、人に求められてるからとか、求められてないからとか、受動的なことばっかでやること決めてんの？　ずーっと自分の想いに真っ直ぐにやってきた透衣を見てきた俺が見てそう思うんだから間違いない。今の透衣はマジでらしくない」

　ふと、いちごにビンタされた時のことを思い出した。

「お前がシェフになりたいって思うのはさ、悪いことじゃないんだぞ？　立派な夢なんだ。俺だってシェフになりたくてシェフになったんだ。それにお前だけじゃない、許嫁ちゃんが自分のために生きることも悪くない。いちごが——いや、なんでもない。とにかく、自分が自分の好きに生きることはなにも悪いことじゃない。それはお前がずっと主張し続けてきたことだろ。お前は自分の好きに生きたいと思わないの？」

「……思うに決まってんだろ。俺の人生なんだから」

「だろ？」

　真淵さんは回転椅子を回し、俺の方に正面を向けて言ってくれた。

「お前がここでオーナーや白姫家の言うとおりに全部諦めたら、俺やいちごや許嫁ちゃんみたいに、お前の真っ直ぐさに当てられた奴が報われないだろ。それに、自分の思い通りに生きられずに亡くなったカミーユさんも浮かばれない。でもまだやり直せる。全部無駄になったわけじゃない。まだ今月はメゾンもあるし、守るってんなら、俺も力貸してやる。いいか、誰がなんと言おうと透衣は透衣。それを見失うな」

真淵さんはぐっ、と親指を立ててニカッと笑った。

「そっか……ありがとう、真淵さん」

そうだよな。

俺はそういう奴だった。そしてそれを間違ってないって、真淵さんやいちご、いつかの白姫が言ってくれた。

そして、俺が俺をよく知っている人達にどう映っているのか、それもよくわかった。

「やっぱ俺って超かっけーなぁ！」

「キモ、なに言ってんの？」

真淵さんは苦笑いした。でもそんなの気にならないくらい、今の俺は、清々しいほどの自己肯定感に満ち溢れていた。

「……俺、決めたよ」

「え、なにを？」

俺はそう言って、雅人さんに電話をかけ直した。

今の白姫にしてあげるべき、必要なこと、やっとわかった。

雅人さんはすぐに出た。

『もしもし、透衣くん？　どうしたんだい？』

「雅人さん、真淵さん」

俺はいつかの自分のように、確固たる意志を持って、言った。

「俺は、親父を振り切ってシェフになる」

目の前で真淵さんが、電話越しに雅人さんが笑う声がした。

「『よく言った』」

◇

雅人さんとの電話は、これからどうするかをじっくり打ち合わせて終えた。幸い、まだ東京に帰る前だったらしい。

その次の日の夕方、東京から帰ってきた白姫を、俺はメゾンに呼び出した。

「透衣くん！」

「おう」

今は午後三時、白姫は約束の時間通りにやってきた。

白姫は余所行きの装いだった。白のフリル付きブラウスを、下の黒いワイドパンツにタックイン。靴はサンダルを履いている。

「どうしたの？　話って？」

「いや、今日お前と行きたいとこあってさ」

「行きたいところ？」

「そ、まあついてこいよ」

「うん！」

白姫は特に不審がる素振りも見せずに付いてきた。ここしばらくずっと、どこかへデートに出かけたりもしていたため、その一環だと思っているのかもしれない。

だけど白姫は、俺が連れてきた場所でようやく不思議がる。

「学校？　なに、夏休みの宿題でもするの？」

「違ぇよ」

俺が白姫の冗談に笑い返すと、白姫は「ん？　じゃあなんだろ」と本気で予想が外れた顔をする。

そして俺は白姫を連れて行きたかった教室に辿り着く。

俺と白姫が前に密会をしていた、旧校舎の一室だ。

「うわー、ボロボロのまんまなんだなぁ」

「だね。ここ？　連れてきたかったのって」

「うん」

白姫はまた不思議そうにするも、とりあえず中に入って、久しぶりの教室内を見渡していた。

扉は壊されたまま、机もあの時の荒れたままだった。窓の奥から木漏れ日が差すも薄暗く、頼りになる光は壊れた戸の向こうの廊下から差す光だけだった。

「冷静に考えて、扉ぶっ壊して入るなんて頭おかしいよな」

「うーん？　まあ、もっと方法はあったかもしれないけどね」

「うん、でも、他のことが頭になくなるくらい必死だったからさ」

「……ありがとね」

白姫は振り返った。俺は瓦礫をぐりぐりと踏みつけて、言った。

「なんであの時、お前のことを追いかけて助けたのか、思い出したんだ」

白姫は「うん？」と続きを待った。

「一個は、お前が優しくしてくれて、嬉しくて、これからもお前に優しくされたいなって、思ったから。もう一個は、お前が俺と同じように自分の思い通りにしたいって悩んでて、それを手助けしてやりたいと思ったから」

「うん」

「でも今俺が取り引きを受け入れて、白姫と結婚することにして、どうなってる？」

「……？」

「俺は親父の言う通りにして、会社を助けてる。その代わりっつーか、見返りに、お前に甘やかされてる。俺のために結婚して。でも白姫は違う。雅人さんの悩みを解決して、親父の悩みを解決して、初めて取り引きの内容聞いた時からそう思ってたけど、そこにお前の気持ちはどこにもない」

「違うよ……気持ちなら」

「全部聞いた。お前が抱えてること、雅人さんから」

「……え？」

白姫は自分の下ろした手をギュッと丸めて、親指で人差し指の横を撫でた。

「お前のせいじゃねえよ」

俺は白姫の目を見て言った。

「カミーユさんが死んだことも、雅人さんが後継に悩んでることも、親父がメゾンを閉められないのも、俺がカミーユさんの亡霊を追いかけてるのも、――電車の事故も、全部、全部、なにもお前のせいじゃねえ」

白姫はゴクリと喉元を動かした。

だから白姫はよく誰かに、俺に、謝っていたのだ。トラウマのせいですべてが自分のせいに思えて、その度に自分が解決しようと試みる。

だけど、違う、そうじゃない。

「お前はなにも悪くねえ。だからもう、お前がなにかをどうにかする必要なんてねえんだよ。会社のことも、店のことも全部」

「違う！」

白姫は血を吐くように嘆いた。

「全部あたしが悪いの！　あたしが欲しがらなければ、あたしがワガママ言わなきゃこんなことにはならなかった！」

白姫は胸を押さえた。

「あたしがパパとか、裕福な家庭とか、そんな理想を抱かなければ、ママはパパと結婚しなかった。そうすればママは誰にもいじめられずに済んだし、透衣くんがママを失わずに済んだ。結婚した後だって、あたしがもっとママに寄り添って話を聞いていれば良かった。パパの後継の問題だって、もっとママと三人で話をすればどうにかなったかもしれない。死なせずに済んだかもしれない。……でも死なせちゃったのッ！　しかも大勢の人を巻き込んで……ママを追い込んだのはあたしで、あたしがちゃんとしてれば、あんな事故、起きなくて……あたし……あたしは……」

「白姫ッ……！」

ぎゅっと白姫を抱え込んだ。白姫だけじゃない、白姫が背負い込んでる悩みも、本音も、すべてを俺は抱え込んだ。

「カミーユさんは、自分の好きに生きたかったんだと、そう思わねえかッ？」

「……うん。絶対そうだよ……？」

「そんなカミーユさんが、白姫に、自分の娘に他人のために自分を犠牲にして生きて欲しいなんて思わねえだろッ……！」

「うぅッ……うぅ〜ッ……」

白姫は俺の服の背中をギュッと掴んで泣いた。胸にじんわり、白姫の涙が染みる感覚がする。

「ごめんな、白姫。お前が抱えてるものに気づけなくて、俺、お前に甘えてた。どんなに嫌な未来に進んでても、白姫に甘えていいならそれでいいやって、自分のことを誤魔化してた。ダメだな俺、白姫に優しくなりたいって言ってやったはずなのに、全然そんなことできてなくて」

「ううん……ぢがう……ぢがう……」

白姫（しらひめ）は泣きながら、胸の中で首を横に振った。

「あたしはもういいのッ……！　あたしはワガママ言っちゃダメな子なのッ……！　だからこれからは、みんなのためにってッ……！」

「お前の髪」

「……え？」

「昔の髪型にしたのは、カミーユさんのため？」

「うんッ……うんッ……」

「白姫のその髪型が好きなカミーユさんのため。それをお前は、そうしたかったからだって言ったよな」

「うんッ……」

「だったら、メゾンは無くなっちゃダメだ。自分の好きな人生を生きられなくて死んだカミーユさんのためなら、カミーユさんが愛したあのメゾンは残さなきゃ。このままだとそれすらも否定することになっちまう。もうこれはただの俺の勝手じゃねえ。白姫、俺はカミーユさんにできなかった分も、お前を助けたい。お前を自由にしてやりたい」

「透衣くん……」

「白姫、もういいよ。もうお前はなにも縛られないで自由に生きていいんだよ。今からでも遅くねえ。お前はまだここにいる。これからお前の好きに生きるんだ。お前は――幸せになっていいんだよ」

白姫は「でも……！」と俺から離れ、俺の胸に手を置いて訴えた。

「じゃあパパの会社はどうするの……⁉ ママを失った透衣くんは……⁉ メゾンを続けたくない透衣くんのお父さんは……⁉」

「会社のことなら、雅人さんがなんとかしてる」

「なんとかって……？」

俺は白姫を抱くのをやめて、肩にぎゅっと手を置いて語りかける。

「そもそも雅人さんの会社の問題は、雅人さんの父親の言いつけが原因だ。でも、雅人さんはそれと真っ向から戦うことにしたらしい」

「え……？　それって……」

「雅人さんは、自分の代から家系で後継ぎを選ぶのを止めさせるつもりなんだ」

雅人さんは、あの取り引きの日、メゾンを守ると言い切って婚約をきっぱり断った俺に勇気を貰ったらしい。そして東京で会ったあの日、俺が白姫のために結婚するのもありかと思ったと伝えたこともまた、雅人さんに良い影響を与えた。雅人さんは白姫のため、そしてカミーユさんを愛する自分のために、親と対立してでも自分の気持ちを貫くその道を選んだ。

「だからもう、後継を作るために白姫が誰かと結婚する必要はねえんだ」

「じゃあ、メゾンはどうやって……」

不安そうに俺を見つめる白姫。俺はいつも白姫が言ってくれたように「大丈夫。考えてある」と白姫を宥めて、笑った。

「明日、一時、メゾンに来てほしい」

「メゾンに……？」

「自分の思い通りに生きるってのがダメじゃないこと、みんなに証明する。そう生きられなかったカミーユさんのためにも、——そう生きられないお前のためにも」

Chapter 7.

親子

Cet amour vous convient-il ?

時間通りに白姫はメゾンに来た。白姫はまず、そこにいた一人に驚いた。

「パパ⁉」

白姫は「なんでここに……」と固まった。カウンターに座る俺の隣にいた雅人さんは、立ち上がって白姫の方を見るとまず、白姫に深く頭を下げた。

「リラ、今まですまなかった……！」

「ちょ、パパ⁉」

「雅人さん……」

すぐに雅人さんの元に駆け寄って、「頭上げてよ！」と言う白姫のことを聞かず、雅人さんは頭を下げたまま続ける。

「僕は君に色々なものを背負い込ませてしまった。本当は親である自分が一番、君を守ってあげなければいけなかったのに、君に気を使ってもらってばかりで、挙句に自分の問題すら君に解決してもらおうとしていた。本当にすまないと思ってる」

「そんな……あたしは……」

「ずっと言ってんだけどな、俺も」

俺は雅人さんに「顔上げてくださいよ情けないから」と言って雅人さんの肩を引きなが

ら言った。

「白姫だって、色々あって考え方が拗れてたとはいえ、根っこは純粋に雅人さんの力になりたいと思ったから取り引きを考えたんでしょ。それをわかってあげるってのも親なんじゃないっすかね」

「……透衣くん、君にも迷惑をかけた。すまなかった」

「いいっすよ。後はうちの親さえどうにかしてくれれば」

「うん、そうだな」

「もうすぐ来ますよ」

真淵さんが厨房から出て言うと、折も折、ドアベルが鳴った。

「……オーララ。なんでみんな集まってんだ？」

「座れよ、そこ」

俺がこの店の一番中心にある四人がけテーブルを指すと、一瞬顔を顰めつつも、親父は

「なんだなんだ～？　改まって～」と能天気に笑ってみせた。

親父が座ったのを見て、俺はその正面に座り、雅人さんは俺の隣に腰掛けた。

「……白姫はそっち側なのか？」

「ああ」

雅人さんはノータイムでそう答えた。心強い。

「許嫁（いいなずけ）ちゃんは観客だからこっちね」

「あ、はい……」

白姫は真淵さんに連れられて、カウンターの方に回った。

そして、俺たちでした電話での打ち合わせ通り、雅人さんの方から切り出した。

「単刀直入に言う。取り引き——いや、この言い方ももう回りくどいか。透衣くんをうちの婿にするという話はなしだ」

「…………は？」

親父は目を細め、俺が仕組んだとでも思ったのか俺の方を睨（にら）んだ。

「うちのガキに当てられでもしたか。どういうつもりだよ。いきなり」

「どうもこうもない。僕は透衣くんの意思を尊重することに、いや、個人の意思を大切にすることにしたんだ」

「会社の後継は？」

「もう必要ない。僕の次の代からは社内から選ぶ。だからもう、リラは誰かと無理に結婚なんてしなくていい。父さんには話をした。まあ、まだ受け入れてもらえたわけじゃないけど、なんとかするさ」

親父は「ほー」と、また俺を見た。やはり俺をいなす方がやりやすいのだろう。

「透衣、カミーユはもういないんだぞ？　社長にならないならどうするるもりだ」

「メゾンを守る」

「だから、カミーユはもう――」

「俺がメゾンを継ぎたいってのは、カミーユさんと約束したからってだけじゃない。ここは俺にとって大事な場所で、この場所を守りたいんだ。メゾンを継ぐってのは、ずっと俺の夢だった。カミーユさんがいなくなった今でも、まだ捨てらんねえ、腐ってねえ。俺が俺の思い通りに生きていいって、貫くためなんだ。諦めねえ」

「言ってるだろ？　この店は俺の店だ。メゾンはやらない」

「――メゾンを俺にくんねえのはなんでなんだよ？」

そう言った瞬間、親父(おやじ)の口が止まった。実はこの質問は、雅人(まさと)さんにこう攻めろと教わった質問だ。そして俺は、それがなぜかも知っている。

「閉めようと思うくらい、廃れてるって悪口言うくらい、この店を煙たがってる親父が、なんでこの店を頑(かたく)なに手放そうとしねえんだよ？」

「……親をからかうな」

「からかってねえよ。そっちこそはぐらかさずに答えろ」

「シェフになるってのはな、お前が思ってるほど簡単じゃゃ――」

「話を逸らすな。俺が聞いてんのはなんであんたがメゾンを俺に譲んねえかだ」

「お前になにがわかる……たった十数年生きてきたの子どものくせに……俺はなぁ！　お前が生まれるずっと前から努力して！　苦労して来たんだよ！　お前はそれを知らないから簡単にシェフになってメゾンを継ぐなんてことが言えるんだ！」

怒る親父に俺はそれを上回るように目に力を込めて見返した。すると親父は歯を食いしばり、俺はそれを見てさらに話を続けた。

「雅人さんから聞いた。あんたが一度この店で失敗したこと」

「白姫……どこまでも余計なことを……」

親父は昔、仲間を集め、スポンサーもつけて、この店を開いた。

フランスで修行し、星を持つ親父の名のおかげで、この店は繁盛していた。

しかし、その仲間達と揉めた。自分についていけないスタッフに対して激しく当たったことが原因で、ストライキを起こされ店を続けられなくなったのだ。

――この店を、ダメにしてしまったのだ。

そんな時に俺が生まれた。

そんな時にカミーユさんがこの店に現れた。

そんな時に雅人さんに、ホテルの高級レストランでのシェフ業へ誘われた。

親父は俺と母親を養うために、雅人さんの全面補助の元、東京に単身赴任した。

以降、メゾンや君波家に投資していたのは、雅人さんだった。

そしてカミーユさんを養っていたのも、雅人さん。

親父はなにより自分の店で、いや、人生において、自分の思い通りの成功を収めることの難しさを知っている。だからこそプライドを捨てて、雅人さんの会社の傘下にある高級ホテルの一流レストランでゼロからやり直した。

そのチャンスをものにした親父は、シェフとして、そして後に経営者として成功。雅人さんに作った借金も完済し、メゾンの経営にも復帰できるまでに上り詰めた。

そんな親父が、今もメゾンを閉めずに経営し続けた理由、俺に継がせる気はないと突っ張り続ける理由。

「理由なんて、そんなの、決まってるだろ……」

親父は震えた声で言った。

「お前に……透衣にシェフになって欲しくないからに決まってるだろ……」

親父は座って続けた。

「俺はメゾンで大失敗したんだぞ……それを経験してて自分の息子にシェフなんてやらせるわけないだろ……お前には俺みたいに失敗して欲しくない……辛い思いだってしてほしくない……普通の人の人生を送って欲しかったんだ……」

テーブルの上に置かれた親父の手は、ぎゅっと握りしめられていた。

そんな親父に雅人さんが訊く。

「メゾンを閉めなかった理由も言ってやれよ」

親父はチラッと雅人さんの方を見て、また俯いて言った。

「俺が人生で最初に開いた店だぞ……？　諦めらんねえよ……死ぬほど愛着ある店に決まってんだろ……それに息子がこんなにこの店を大事にしてくれて……可愛く思わないわけがない……だから売れてる店から無理くりにでも資金を捻出して、騙しだましやってきた……」

そして、雅人さんが締めくくる。

「……君波、誰よりも現実を見るお前の気持ちはよくわかる。でも覚えてるか？　高校の時、お前はずっと、フランスで星を取るって意気込んで、先生や親に成績のことで叱られたって聞く耳を持たなかった。だけどお前は有言実行した。本当にフランスに行って、星を取って帰ってきた。そして今、料理で成功してる。お前、フランスに行った自分のこと、後悔してるか？」

親父は一言、「……していない」とだけ答えた。

「だろうな。失敗も成功も、全部お前のものだったからだよ。君波が周りを突っぱねてシエフの道を歩んだのと同じように、透衣くんにも自分で自分の道を選ぶ権利がある。そうだろ？」

雅人さんは俺の頭を撫でてくれた。

「親は一生親だ。子は一生子だ。親子は一生親子なんだ」

「雅人さん……」

「それはたとえ透衣くんが自立してもだ。君波、お前は死ぬまでこの子の面倒を見てやらないとダメだ。失敗してほしくないじゃない。好きにやらせて、見守ってやって、失敗したら助けてやるのがきっと親の役目だ。透衣くんも、ダメなことはダメだし、面倒を見てくれたらちゃんとありがとうって言わなきゃなんだよ？」

「……はい」

「ほら、じゃあ透衣くんも、言おう」

雅人さんに背中を押され、俺は席から立ち上がった。親父はそれを見上げた。親父がこんな風に、真っ直ぐ俺を見つめてくれるのなんて、いつぶりだろう。

ふと、遠い昔のことを思い出した。

――

『お父さん、僕ってなんで透衣って名前なの？』

『あ？　あぁ、透衣の透は、透明の透なんだ』

『そう、何色でもないってこと。透衣には何色にも染まらないで、純粋で真っ直ぐな心を持っていて欲しいって、お母さんと決めたんだよ。まあ、俺が夜遊びばっかしてっから、透衣には俺みたいになって欲しくないって嫌味もあると思うけどな……へへ……』

『透明？』

『？』

『ん？　わかんないか！　あはは～、透衣にはまだ難しいよな～？』

『うん、わかんない』

『そっか！　なら、お父さんとお母さんの願った通りだ！　いいかぁ透衣？　透衣はずっと、透衣のままでいてくれたらお父さんはそれだけで幸せなんだぞー？』

『わかった！』

『あんた、透衣になに教えてんのよ？』

『げ、お母さん……』

『お母さん！　お父さんがね？』

『わー！　コラコラ言うな透衣ー！』

――

「――お父さん」

「ッ……!?」

俺は、テーブルに頭がつくくらい深く頭を下げた。

「今まで迷惑ばっかりかけてごめんなさい。酷い言葉ばっかり言って、ごめんなさい」

「お前……」

「俺は、お父さんの作ってくれたこの店が好きなんです。俺にとって、いや、カミーユさんや真淵さん、白姫やいちご、それからここに来るお客さん、みんなにとってここは、帰ってくる大切な家なんです」

「透衣――」

「お願いします。メゾンを、俺に――僕にください……」

親父は少し黙ってから「顔上げろ」と低い声で言った。

親父は一つ嘆息して、答えを告げた。

「……まず第一に、メゾンはやらん」

「なんでッ!」

俺はお笑い芸人のようにその場でバランスを崩した。「ここは譲るとこだろこの頑固親父!」と言うと、「まあ聞け」と親父は俺を宥めた。

「メゾンはもう、本当に続けられないんだ。できた当初だって、俺の名で繁盛してただけ。

カミーユがシェフになって適当にスタッフを雇うようになってからはずっと下がり調子だった。別にお前らのことを責めるつもりはないが、真淵がシェフになって、お前といちごちゃんがギャルソンになってもそれは変わってない。いよいよ俺が投資し続けるにも限界が来てる」

「そんな……」

「……でもな」

親父は腕を組んで、俺の事を見据えた。

「お前がシェフになるかどうかは、もう好きにすればいい。なにもここにこだわる必要はない。要は自分の意思で未来を決めたいんだろ。ならお前のメゾンをお前が自分自身の手で作ればいいじゃないか。帰ってくる家なら、また作ればいい」

そして最後、親父はまたいつものおちゃらけた笑顔を作った。

「俺も助けてやらんことはないが、そう簡単じゃないぞ？　シェフになるのは」

許されたこと、夢を認めてもらえたこと、それよりも嬉しかったことがあった。

「――ありがとう……お父さん……」

やっと、親父と分かり合えた。

込み上げる涙をグッと堪えて、俺は親父にもう一度深く頭を下げた。

そして頭をあげて、白姫の方を見る。白姫はなぜか泣いていていた。

「……なんでお前が泣いてんの」

「へ？　いや……いい話だなと思って……」

「ああそう。まあいいや、これでお前も分かっただろ」

ポカンと首を傾げる白姫が可笑しくて、俺は少し笑って言った。

「望むことは、悪いことじゃねえよ」

「……透衣くん」

今日ここで話して決まったこと、そのすべては、白姫に自分の思い通りに生きていいことを証明するためだった。

今の白姫にしてあげるべき、必要なこと、それは結婚して、大人の言いなりになる関係を二人で慰めあって続けることじゃない。

関係を断ち、自由に生きる俺を、それを皆に肯定される俺の背中を見せること。そして、真似でもいいから、白姫にも同じように自由になってもらうことだ。

「話も終わったし、俺、白姫のこと、家まで送ってくから」

「あ、車なら俺出すけど」

「君波……」

俺と白姫が店を出ようとすると、親父がそう提案したが、雅人さんが「空気読めよ……」と肩を小突いた。

「ありがと、親父。でもいらねえよ」

「え、呼び方戻って……」

親父がガクッと肩を落とすのを尻目に、俺は白姫を連れて、メゾンを出た。

これで、すべてが終わったのだ。

◇

駅まででいいよと言われたので、俺は白姫と駅までの道のりを歩いていた。

「良かったね、シェフになること、お父さんに許して貰えて」

俺の横を白姫は歩きながらそう言った。俺は時間を気にしてスマホで一度時間を確認して、白姫の言葉に答えた。

「おう、良かった」

「夢、叶うといいね」

「叶えるよ、絶対。カミーユさんも、白姫も、みんなが自分の自由に生きていいって証明するためにも、絶対」

「……透衣くんって、やっぱり優しい人なんだね」

「またそれかよ」

俺が呆れると、白姫は「ううん、ホントに」と語りだす。

「最初は透衣くんのこと、自分勝手な人だって思ってた。でも透衣くんがメゾンを守りたいって思うのはママのためで、あたしのことをピンチから助けてくれて、一度は受け入れてあたしと一緒にいる道を選んでくれた。それでもあたしの過去を知って、今度はあたしのため、それから自由を縛られるみんなを肯定するために、自分が先陣切って親と戦う雄姿を見せてくれた。思えばずっと、透衣くんはあたしなんかより、誰かのために動いてた」

「……白姫」

「ありがとね、透衣くん。正直まだママのこと後悔してるけど、それでも透衣くんのおかげで、過去はひきずらずに前を向こうって、今は思えるよ」

「……うん！」

その話が終わって、向こうの方に駅が見えてくると、そろそろ終わりを感じる。

もう一度時間を確認した。

その終わりというのはつまり、キスから始まったあの主従関係のことをさす。嫌だったはずなのに、いざ終わるとなると感慨深かった。

「終わったんだな」

「なにが？」

「いや、キスする限りお前の言うことが絶対ってやつ。もう結婚しなくていいんだし、お前も自由に生きられるようになったんだし。必要ねえだろ」

白姫は頷いた。ぶっちゃけ、終わることを拒んで欲しかった。まだ白姫と一緒にいたいと俺は思ってる。だけどそれは俺の願望。これから自由に生きられるようになった白姫には、俺と出会わなければきっとあった未来を生きて欲しい。

「お前、これからどうすんの？」

「……どうって？」

「ほら、結婚しなくてよくなったんだし、せっかくだから将来の夢とか、好きな人とか、そういうことも考えられるようになったんじゃねえの」

「そんなのわかんないな。一昨日まで透衣くんと結婚するつもりだったんだし」

「まあそうだよな」

「……うん」

白姫は俯いた。確かに、ずっと鳥籠の中で育った雛が、いきなり籠を追い出されてどこへでも行けと言われても、どこへ飛び立てばいいかわからないだろう。でも、そのうち見つかるはずだ。お腹がすけばエサを探すし、海が見たければ海の方へ飛び、疲れたら木にとまる。そうやってやりたいことを見つけていけば、きっと白姫自身の望む未来だって見えてくるはずだ。

駅につき、俺はまた、時間を確認した。

「……じゃあな」

コンコースに入り、改札の前で俺は白姫に別れの挨拶をした。

「今までありがとう、透衣くん」

「やめろ、しんみりする。学校もあるし、別に今生の別れってわけでもねえだろ」

白姫は少しの間唇を引き結ぶ。今までずっとキスしてきた唇だから、妙に意識してしまう。でももう、触れることはない。

そして白姫はゆっくり口を開いた。

「……透衣くんは自由になれって言うけどさ、透衣くんのそばで、透衣くんにワガママ聞いてもらうのも、あたしにとってはすごく自由だったよ」

「そりゃ良かった」

俺の反応が白姫にとって芳しくなかったのか、眉を八の字にして俺の事を見つめている。

俺もなんとなく付け足す。

「俺も、お前と出会えて良かった。一人じゃ気づけねえこと、いっぱいお前のおかげで気づけたし、なんだかんだお前といる時間はすっげー楽しかったから。だから、ありがとう」

「うん……あの……」

白姫はなにか言おうとして、また間を開けた。そして数秒目を泳がせて、手を俺の方に突き出した。

「……握手」

「……おう」

俺は白姫の細い手を握った。夏のせいか、白姫の手はすごく熱かった。白姫は手でぎゅっと俺の手を抱きしめる。しかし、俺が手を緩めると、する、するり、と白姫の手は力なく解けていった。

「透衣くん……」

白姫は最後、綺麗に笑って見せた。

「さよなら」

そう言って、白姫は振り返らずに改札を抜けた。白姫も寂しく思ってくれているからか、白姫が最後に見せたその笑顔は、作りもののように思えた。

これでいい、これでいいんだ。

そして俺は、もう一度時間を確認して、行かなければならないところへ走った。

俺が走った先は団地の中にある小さな公園だった。そこにあるのは小さな滑り台と動物型のスプリング遊具と、植物のツタで覆（おお）われた屋根の下のベンチだけだ。

そのベンチに、一人座って誰かを待つ女子がいた。

「……いちご」

俺が見つけて声をかけると、デニムスキニーパンツに白Tシャツを前だけタックインしたシンプルなコーデのいちごは、俺の方を怯（おび）える子犬のような目で見て、立ち上がった。

「透衣（とうい）……」

「ごめん、待った？」

「……待った」

「今来たところって、ベタなくだりはやってくんねえんだな」

いちごは笑わずにそっぽを向いていた。それもそのはずだ。俺といちごの最後は酷（ひど）いものだった。散々俺の事を気にかけてくれたいちごの思いやりを全部無下（むげ）にして開き直ったのだ。俺は自分の冗談に首を振って、言わなきゃいけない気持ちを心に浮かべて、順を追って話し始めた。

「白姫（しらひめ）と結婚しなくて良くなった！」

「…………え？」

俺はすべてを話した。雅人さんが決意したこと、親父の説得に成功したこと、その結果俺と白姫を束縛するものがなにもなくなり、俺達は晴れて自由になれたこと。

そして、

「いちご、ありがとう」

「え？」

「効いたよ。お前のビンタ。『そんなの透衣じゃない』って言ってくれたあの言葉を思い出して目が覚めたんだ。もう一度諦めずに夢を追いかけようって思えた。——いちごのおかげなんだ」

戸惑う、でも嬉しい予想外だったのか、少しだけ顔が明るくなったいちごの目を見つめて、もう一度告げる。

「ごめんな、いちご。いつも横にいてくれて、離れないでいてくれてありがとう」

「透衣……」

「だからその……なんていうか……これからも仲良く——おぉっ……」

いちごは小さな歩幅で俺の元に擦り寄り、そして俺の腰に腕を回した。俺はいちごの頭を後ろから二回ほどポンポン、と撫でた。

「良かった……よ……よがっだぁ……」

「ありがとう……ごめんな、応援してくれるお前のことあんな風に遠ざけて……」

「うちの方こそ……ほっぺはたいてごめん……」

いちごは一度俺から離れて涙を手の甲で拭き、俺を見上げた。

「もう、リラちゃんと結婚しないでいいんだよね……」

「……そう」

「もうキスもしないよね……？」

「え？　……し、しねえよ。たりめーだろ」

いちごが瞬きすると、キラキラと目元が涙で光った。その濡れた目が綺麗で、思わず見入ってしまう。

すると、いちごの口がまたゆっくり開いた。

「透衣……うちね……どこかでずっと、透衣の近くにいられること、当たり前だと思ってたの……」

「……うん」

いちごは俯き、俺の腕を離さないように掴んだまま話続けた。

「だけどリラちゃんが現れて、急に透衣が遠くに行っちゃった気がして……こんなことならもっと早く思いを伝えてればよかったって、後悔した……」

「——思い？」

してんだ？

「奪われそうになってわかった……透衣が他の誰かのものになるの、やだ……」

「いちご……」

「うち、透衣と付き合いたい……恋人になりたい……」

もう一度俺の胸の中に収まったいちごは、俺が腕を回さずにいると、また泣き出した。

俺はそれがいたたまれなくて、可愛そうで、思わずいちごをぎゅっと抱きしめてしまった。

◇

いちごは返事を待ってくれた。でも別れる前に、

『うちのこと、好きじゃなくてもいい。それでも透衣が付き合ってくれるって言うなら、うちはそれだけで嬉しい。透衣のそばにいさせて貰えるなら、それでいい。これから絶対好きにさせるから！』

そう言った。

復帰したメゾンでの出勤を終えて、風呂で俺はいちごのことを考えた。

人を好きになる気持ちには同情できた。俺にも好きな人がいるから。

だから、その人のことを思うとドキドキすることも、四六時中その人のそばにいたいと

思ってしまうことも、その人のことを諦めなければならない苦しさも、全部わかった。

俺は白姫の自由を尊重するために、思いを告げずに白姫と別れた。この辛い気持ちを、俺が自分の気持ちの問題でいちごに味わわせるというのは胸が痛んだ。

それに俺が夢を追いかけている間、いつも隣で応援してくれたのはいちごだった。いちごがいなければ俺は、本当に一人だったのだと思う。

今、いちごの気持ちに応えることはできない。だけどそう簡単に答えを出し諦めさせることも残酷な気がしてできなかった。

風呂から上がって髪を乾かしてリビングに戻る。スマホに手をやるといちごから着信があったのに気づいた。

なんだろ、と俺は電話をかけ直す。

「……あ、もしもし？」

『もしもし……』

「どうしたんだよ」

『へへ、声、聴きたくなっちゃって』

「なんだ、なんかあったのかと思った」

ホントに俺のこと、好きなんだな。なんか、可愛いかも……。

『ごめんね？　こんなことで電話して……』

それに好きな人の声が聞きたくなる気持ちもよく分かった。白姫の声を聞くと安心したし、白姫と離れている間、何度も白姫とのトーク画面を見返したり、電話だって試みた。

まあ、俺の個人的な欲求を満たすために夜中に電話するのは悪いと思って、さすがに本当にかけたりはしなかったけど。

「気にすんなよ。その……返事はまだできねえけど、ちょっと話すか」

『うん！』

ちょっと、と言ったのに、いちごを甘やかしていると気づけば早朝になっていた。仕込みをしてから寝た。

◇

「透衣、そろそろ帰るぞ」

「え？　あぁ、そうだな。もう夜遅いか」

営業後の調理練習中、真淵さんがそう言って、俺にキッチンの片付けを促した。

そうして二人で閉め作業を終えて、真淵さんは帰った。

昨日いちごと夜更かししすぎたせいで、寝たのは仕込み後の朝。起きたのはほとんど夕方だった。おかげで日付が変わった今でもピンピンしているのだが。

夏休みとはいえ、生活習慣戻さねえと……。

そう思いながら部屋に戻り、スマホを手に取ると、その画面に映し出された通知に思わず「げっ……」と声が漏れる。

いちごから着信があったみたいだ。

俺は電話をかけ直さず、『どうした？』とだけ返信する。するといきなり画面が通話画面に変わる。出ないわけにもいかず、俺は電話に出た。

「……もしもし」

『あ、透衣？　ごめん、真淵さんと料理の練習してたカンジ？』

「そう。わりーな、気づくの遅くなって」

『ううん、全然！』

「で、今日はどうしたんだ？」

『どうしたって……別になんもないけど、ぇぇ、嫌なカンジ？　電話』

「いや、そうとは言ってねえけど……」

この調子だとこいつ、毎日夜通し電話してくるんじゃねえのか……。

「……さすがに昨日みたいに朝まではできねえぞ。俺今日起きたの夕方になっちまったんだぜ？」

『おっそ！　うち普通に十時頃には起きたよ？　友達（ともだち）と遊ぶ約束してたし』

「お前それで平気なのかよ……」

『うーん、まあ多少眠たかったけど、起きないとなって』

「ていうか、遊ぶ約束があるならもっと早く寝るべきだったんじゃねえの」

『……でも、少しでも長く透衣と話してたかったんだもん。それに、今日は透衣に会えなかったんだし……』

　そう言われると弱い。ていうか可愛い。それに別にいちごだって嫌がらせで電話をかけてきているわけじゃないんだし、答えを待ってもらっている間、これくらいの些細な甘えにくらい付き合ってやりたい。

「まあ、お前がいいなら俺も付き合ってやるよ」

『ホント⁉　良かったぁ♡』

　さすがに朝までは阻止した。だけどそれでも俺たちは、深夜まで取り留めの無い話をした。眠たかったけど、ずっといちごの声が弾むようで楽しそうで、聞いていると俺も自然と笑顔になれた。

　そして明日、ていうか実質今日、デートの約束をした。

◇

まだ眠い目を擦(こす)って、いちごが家に来る予定の九時に合わせて午前八時に起きた。

だけど、日課であるシャワーの後、インターホンが鳴りモニターを見ると、そこにはいちごが映っていた。時計を見るとまだ四十分も早い。こいつマジか。

「早くね？」

『来ちゃった♡』

来ちゃったじゃなくて。ちょっと可愛いけど。と、心中でツッコミつつ、出ないわけにもいかないので、パンツと今日穿(は)くつもりでベッドに放り投げておいたデニムスキニーパンツだけ穿いて、俺はいちごを迎えに下の玄関に降りた。

扉を開けると、セミの大合唱を背に受ける、私服姿のいちごがそこに。

「どうぞ」

「えっ⁉　ちょ、透衣……上ッ……！」

「はあ？　男の上裸ぐらいで騒いでんじゃねえよ」

「だ、だって……」

と言いつつ、いちごは手の隙間からチラチラ俺の胸当たりを見ていた。……いやん。

ていうか、そういう今日のいちごのコーデだって、黒のキャミソールにデニムのワイドパンツ。露出は多い。心做(な)しか、というかめちゃくちゃ荷物が多いように思えた。

「早く上がれよ。まだ準備してっけど」

「う、うん！」

◇

準備を終えた俺は、いちごとメゾンを後にした。

今日はプールに行く予定だ。

交通機関を乗り継いで人工島に渡り、そこにあるウォーターパークに俺達は訪れた。

着替えるためにそれぞれ更衣室前で別れ、俺は着替え終えて更衣室の出口の前で待っていた。

パーク内を見渡す。ウォータースライダー、流れるプール、造波プール、キッズ用のプール、などなど、バラエティ豊かなプールが沢山。その種類は全部で十を超える。なかなか広い。

そして夏休みということもあり、人も多かった。自然と綺麗なお姉さんを見つけると、その水着姿を目で追ってしまう。でへ。

気づけば俺は更衣室に背を向けて、プールの方を眺めていた。そんな時、とんとん、と素肌が晒された俺の肩に手が触れる感覚がした。

「……透衣」

振り返ったそこに、水着姿のいちごがいた。

黒のセクシーなクロスラップのブラに、それとセットアップのシンプルな黒のショーツ。クロスラップのデザインがいちごの双丘とウエストの高低差を際立たせ、一層身体が引き締まって見えた。

という水着の感想は頭の中に三割も浮かばず、俺の頭のほとんどは、下着同然の姿をしたいちごが花はずかしい紅の頰をして俺の前に現れているという、男として喜ばずにいられないこのシチュエーションに対する興奮だった。

「……どう、かな」

いちごはお団子にして頭の上で纏めた髪をポンポンと気にしながら聞いてきた。

「似合ってる……」

もっと気の利いた事を言いたがったが、照れくさくて言えなかった。でもいちごは俺の言葉を聞いて、嬉しそうにしてくれた。

「昨日うち、友達と遊んだって言ってたでしょ？」

「え、あぁ」

「その時選んだんだ……透衣のために……」

「……ッ」

「さ、さすがに彼氏とプール行くとは言ってないけど……！」

そう言ういちごに見つめられ、俺の心臓はドキドキと鼓動を大きくした。いや可愛いよ、可愛すぎる。そんな風に言われると、意識せざるを得ない。俺のためにだなんて、そんなこと言う女の子、可愛いに決まってる。

「に、荷物持つ！」

「うん、ありがと」

いつも騒がしいいちごがどこかしおらしく見えて、それもまた俺の胸をざわつかせた。

しかし、そのトキメキも一瞬だった。

「重ッ！　え、なに入ってんのこれ……」

やけにでかいなと思っていたショルダーバッグは、見た目以上の重さをしていた。いちごはカバンの中身をひとつずつ思い出しながら、指をおっていく。

「え？　浮き輪でしょ？　ボールでしょ？　レジャーシートでしょ？　それからお弁当！　水筒もあるよ！」

俺はカバンの中身を見る。

「絶対ほとんど弁当の重さだろ……どんだけ食うんだよ……」

「違うよ！　透衣のために作ったんだもん！」

「また俺のため？」

「……うん。そりゃ、透衣シェフになるんだし、透衣が作った方が美味しいかもだけどさ、うちだってやっぱ好きな人に料理を振る舞うとか、憧れるわけでして……」

　いちごはそう言って、自分の胸の上で手を迷わせていた。ぐっ、またしてもクリティカル……ベタだけどそれも可愛い……。

「……よし、食う！」

「えぇ！　まだ早いよ！　後で！」

「そ、そうだな……つい……そうだ、浮き輪とボール膨らましに行こうぜ」

「うん、そうだね！」

　このまま、いちごのことを好きになってしまえば。

　そう過(よぎ)った時、心に浮かんだのは――。

「……透衣？」

「いや……なんでも。お前、今日すげえ可愛いよ」

「な、なに急に……う、うん、ありがとう……わっ……へへ……」

　照れた顔をうつむいて隠すいちごの隣で、俺は自分の心に対し大袈裟(おおげさ)に首を横に振って、いちごの手を取って熱いコンクリートの上を歩いた。

俺たちは適当なところにレジャーシートを敷いて、膨らませた浮き輪を持って流れるプールに行った。

いきなり浸かると底の方が結構冷たかった。それに、止まっていると足が持っていかれそうになるほどのそれなりの水の流れだった。その辺色々込みで、入った時に「うお～」と思わず声が出た。深さは俺の胸が出るくらいだ。

後ろを振り返ると、いちごがプールサイドに腰を下ろして足を水につけたところだった。

「はい」

「ありがと！」

俺が手を貸すと、いちごは俺の手をとってプールに浸かった。

「わっ……」

「おぉ……」

いちごはバランスを崩し、思わず俺の方に抱きついてきた。ふにゅう、といちごの胸が俺の胸板の上で潰れる感覚がしたが、いちいち反応してたら今日一日もたないので、気づいていないふりをした。

「大丈夫か」

「うん、平気……」

「浮き輪、お前使えよ」

「うん」

いちごは輪っかの中に入る。俺達は流れに沿って歩き出した。

「冷たくて気持ちーね！」

「そうだな。一周するのに結構距離ありそう」

「だね！」

そして、ただ二人で水に流される時間が始まり、ふと思う。

流されるだけじゃね？

いちごが横で、ぷかぷかしながら、「うわぁ、人多いねぇ」とか、「ウォータースライダー楽しそう！」とか言ってるので、「そうだなー」と返事をしながら考える。

案外流れるプールって大したことねえな。なにも何周も流されたってしょうがねえし、一周したら他のとこ行く方がいいかもな。

「なら次、ウォータースライダー行くか？」

「え？　ああ、今日はいいかな。メイク崩れたら嫌だし」

「あー、女の子ってそれあるのか」

「や、まあ……透衣の前だからってのもあるんだけど」

「……お前恥ずかしいことばっかり言うなよ」

「え、ああ……へへ……」

ふにゃふにゃしてるいちごを尻目に、ウォータースライダー無理なのか、と頭の中でばってんして、他にやることを考える。

……あとなにがあったっけ。普通のプールと波のプールくらいか。キッズプールで遊んだって仕方ねえし、二十五メートルプール行ったって、ジムですか？　って感じだし。ていうか、なんのギミックもない普通のプールでなにすんの？　水の掛け合い？　メイク崩れるの嫌だって言ってたしな……ボール遊びくらいか？

　そしてまた、あれ、と思う。

プールって結構やることなくね？

と、とんでもない結論に至りそうになった時。いちごが急に甘えた声を出した。

「ねえ透衣(とうい)、歩くの疲れちゃった」

「は？」

「おんぶして」

「おんぶ……？　浮き輪あんだろ……」

「おんぶがいい」

「子供かよ……まあいいけど」

「わーい！　やったね！」

いちごはそう言って、「はい、浮き輪」と俺に浮き輪の紐(ひも)を持たせると、俺の後ろに回って肩に手を置いた。

「乗ってい？」

「いいよ」

「それっ！」

むにゅーん♡

同じ人間とは思えない柔らかさが背中を伝う。はあー、やっぱプール最高……。

さっきの結論をいとも容易く撤回、我ながら気持ち悪い。

「重くない？」

「全然。水の中だからな」

「そっか」

その時、つーっと、頭の中でいつかの記憶が蘇った。

『ねえ大丈夫？　重くない？』

『あぁ？　そりゃもう超おも……ぐええ……ぐびじまっで』

……バカ。思い出すな俺。

「ふふ、透衣の背中～♪」

いちごは俺の頭の中なんて見えるわけもなく、ぎゅっと後ろから抱きついて、俺の横顔あたりに頬ずりをしてきた。

「透衣……？」

「え、ああ……」

いちごは口数が減ったことを気にかけてくれたのか、後ろから俺の様子を窺ってくれた。

「腹減らね？　俺、やっぱりこの後飯食いたいんだけど」

「もう！　まあいいけど！　もう少ししたら上がろっか！」

「うん……」

◇

「はい、あーん♡」

「じ、自分で食えるって……」

「いいから……食えッ！」

「んごッ……」

プールサイドに設えられたパラソルの下に敷いた俺達のレジャーシートの上で、あーんというか、ぐちゃ、という感じで俺の口にいちご特製のおにぎりが突っ込まれた。

なんというか、普通に美味い。ちゃんと白ご飯に適量の塩が振ってあって、中に鮭が入っている。形もすごく綺麗だし、……いちごって結構女子力高いんだな。

それだけじゃない、二段の重箱の一段は十個ほどのおにぎりで埋め尽くされており、もう一段はウインナーや、卵焼き、エビフライ、それからポテトサラダやら煮物やら黒豆やらなんやら、もうてんこ盛り。しかも驚くことに、恐らく冷凍食品や即席モノの類はひとつも見当たらなかった。おせちですか？

「どう？　おいしい？」

「めったふまい（めっちゃ美味い）」

一度におにぎりの半分を口に入れられたため、もごもごして言いにくかったが、聞き取ってくれたいちごは「良かったぁ♡」と嬉しそうに笑った。

「早起きして作ったかいがあった！」

「早起きって……何時？」

「五時！」

「マジで⁉　だって昨日、寝たの三時とかだったじゃん……」

「あはは……でも透衣のためにお弁当作りたかったし、服悩む時間とか、メイクする時間とか考えたら、それくらい時間欲しかったから」

「そこまでしなくても……」

「そこまでしたいの。好きな人のためだから」

いちごはそう言うと、俺の顔を見てニッと笑った。

俺のために寝る間も惜しんで時間を作ってここまでしてくれる人の気持ちを絶対無駄にしたくないと思った。

でも、無駄にしないって、どうやって。

「……いちごってさ、なんでそんなに俺の事好きでいてくれんの」

「え？　なんで急にそんなこと聞くの？」

「いや、気になって……」

いちごは自分で作ったおにぎりに目を落とした。

「……うち、バカだからさ。きっかけはすごくしょうもなかったなぁ」

「しょうもない？」

「うん、本当に些細(ささい)でちっぽけなことで、透衣のこと気になるようになったんだ。それから無邪気で真(ま)っ直(す)ぐで、子供みたいで可愛(かわい)い、けど時々すっごく頼もしくて、ちっちゃいのに背中が大きく見えて、カッコよくて、屁理屈(へりくつ)多いけど、なんだかんだいつも優しくしてくれて、そんな透衣を知っていくうちに、どんどん好きになっていって、今じゃもう、言葉じゃ言い表せないくらい、好きなの」

「……」

そう言ってくれるいちごの顔は、本当に好きな物のことを話している時の子供のような顔だった。

いちごはふと俺の顔をまた見て、「あっ」と、俺の口元に手を伸ばした。

「のり、ついてる」

そのまま指で取ったのりを、いちごはぴちゅ、と口にした。

「あ、ごめん……こういうの嫌いだった？」

「ううん、またベタだな、とは思うけど」

「ふふ、だね」

「……でも、ドキッとしたかも」

「……嬉し！」

真夏の太陽のような明るい笑顔は、俺を眩しく照らした。

それが酷く、痛かった。

◇

夕方になって、俺たちは帰路についていた。帰りは俺がいちごの家に送ってやることにした。

「楽しかった？」

隣を歩くいちごがそんなことを聞いてきた。

俺はそれに、「うん」と答えて「でも」と続けた。

「結局ご飯の後、ボールで遊んで、波のプール行って、また流れるプール行って……やることあんまなかったな」

「確かに」

いちごはぷっ、と笑った。それに俺は冗談交じりに言った。

「こんなことなら、いつもみたいに俺ん家(ち)で漫画読んだりしてても変わんなかったかもな」

「そんなことないよ」

いちごはそれに食いついて、きっぱりと言った。

「確かに普通の人と遊ぶだけなら、楽しい遊びを探して遊ぶ方が楽しいかもしれないけど、好きな人だよ？　うちは色んなことを二人で見たり、体験したりしたい。プールだって、水に入るだけでも、透衣(とうい)とならすっごく特別に思えた」

「……ごめん、俺今酷いこと言ったよな」

「ううん、まあ、無理ないよ」

いちごは苦笑いした。

「透衣はまだ、うちのこと好きじゃないもんね」

「……」

俺はそれに、「そんなことない」と、「好きだ」と、言ってあげることができなかった。

いちごは少しの間だけ俺のことを見ていた。それは俺の返事を待っている時間だったに違いない。

「……今日、うちはすごく楽しかったよ」

「俺も……！　俺だって楽しかったよ……！　ホントに！」

「そっか、なら良かった」

そして、団地の敷地内に入る。いちごの家のある棟の階段の前でいちごは、「荷物ありがと」と、俺が持っていたいちごの荷物を俺の手から取ると、「じゃあ、ここで」と俺に言う。

「透衣」

「ん？　……んっ」

ちゅうっ――。

慣れていないいちごのキスが、俺の唇を射止めた。皮肉にも、あいつのキスが終盤上手くなっていたことに今気づいた。

いちごの震えが唇に伝わった。俺の背に合わせるように、頑張って背伸びをしているいちごがまたすごく可愛くて、切なくなった。

「へへ、しちゃった」

「……だな」

また俺は上手く言葉を返せずに、二の句を迷っていると、「じゃあね」といちごは帰ってしまった。

『透衣とならすっごく特別に思えた』

いちごの言葉が胸に刺さった。

白姫とだったらどんな一日になっただろうと、考えしまう自分が大嫌いだった。

◇

「お前、盛り付け上手くなったな〜」

「だろ？」

いちごとのプールでのデートから数日が経った。

俺はシェフになるための猛特訓をしていた。

朝は仕込み、昼間は真淵さんが来てくれて何品か作る。そして夜は仕込みも兼ねて、ほかの料理工程の練習をする。

真淵さんは皿の縁のソースの盛り付けを褒めてくれた。メゾンでは鯛のポワレに使うソースだが、練習ではヒラメを使った。

真淵さんはヒラメにナイフを通し、フォークでソースと和え、口にした。

「ん、味もいけてる。オーナーが出してる店じゃ無理だけど、俺的にはもうメゾンレベルではあるんだよな」

「ホントに!?」

「おうおう」

俺は真淵さんの座るカウンターの前でガッツポーズした。真淵さんは食べながら聞いてきた。

「お前、メゾン閉まったらどうすんの？」

八月いっぱい。つまり夏休みまででメゾンは閉店する。真淵さんが聞いているのはその後の展望だろう。

「専門学校行って、親父の出してる店で修行する。最初は小さな店から始まるだろうけど、腕の上達次第では三つ星で働かせてくれるって。それで親父に実力を認めてもらえるようになったら、親父の元から離れて自分の店を出す。そんな感じ」

「……良いじゃん。大志に溢れてて」

「だろ」

俺が笑うと、真淵さんは「俺も負けてらんねえなー」と言ったので、「真淵さんはどうすんの？」と聞き返した。

「俺はオーナーの指示に従うよ。多分元の店に戻るんだろうけど。そこからは考えてないかな。料理で飯食えたらなんでもいいんだ。だからお前みたいな向上心の塊みたいなやつ見てると、マブい」

「ははっ、でもそういう生き方もあるよな」

俺は腰に巻いたサロンエプロンと服の間に親指を突っ込みながら話した。

「俺、思うんだよ。生き方って本当、人それぞれなんだよな。お金持ちになりたいって人はきっと、稼げる方法を探すし、自分の好きに生きたいんならきっと、楽しいことを探す。でも極端に一方向に決める人なんていない。きっとある程度お金が必要で、楽しいこともしたいって人が見つける職業もあるし、その逆もあるだろうし。大事なのって、人それぞれの口に合ういい塩梅(あんばい)の人生をその人が歩むことなんだと思うんだ。結局それって、自分の意思を大事にするってことだろ」

「そうだなぁ」

「俺みたいに砂糖ぶっかけて食いたいってやつも、中には絶対いる。変かもしんねえけど、でもだからって誰かのエゴで薄味食わされるのは違うと思うんだ」

「まあ、お前の砂糖の振り方はバグってるけどな」

「うるせえな……」

俺は頰(ほお)をかいてカウンターに前傾し、腕をのせて話の続きをした。

「自分の人生は自分で料理していいって、俺の夢はその証明と挑戦なんだよ。そうはできなかったカミーユさんや親父、雅人さんや、それから白姫のためにも、やんなきゃいけねえことなんだ」

俺は真淵さんに、笑顔を向けた。

「そう思わね？」

真淵さんはそんな俺の顔を見て、二回ほど頷くと、そのまま俯いて、フォークを迷わせながら目頭を押さえた。

「……泣いてんのか？」

「泣いてねーよ……」

真淵さんは誤魔化して、上を向く。確かに泣いてはいないが、頻りに喉を動かしていた。

「……お前、いい子に成長したな」

「ふっ、おかげさんでな」

俺の話の途中で、ドアベルが鳴った。「いちごじゃないか？」と真淵さんが言うと、なぜか少し肝が冷えた。

そういえば、いちごと約束している。俺がこの時間料理の練習をしているのを知っていて、甘いものをいっぱい差し入れしてくれると、ＬＩＮＥが入っていた。

しかし、それは違った。メゾンに訪れたのは。

「……白姫？」

◇

真淵さんが「ミルクティー作ろうか？」と聞くと、白姫は「今日はいいです。用件が済んだらすぐに帰るので！」とお得意の愛想笑いを見せた。

俺は真淵さんの隣に腰掛け、白姫はその隣に座った。

「じゃあ、俺買い出し行ってくるわ」

「え？　ああ」

真淵さんはなにか余計なことを考えていそうなニヤニヤした顔をして、ポワレの皿を下げて店を出た。

「……久しぶりだな」

「十日ぶりだよ」

「……そうなんだ」

白姫は黒のフレアスカートにベージュの半袖ニットを着ている。白姫の甘い香りが漂うと、なにも考えずにいつもくっついていたあの頃を思い出して、ドキドキした。

……俺にはいちごがいるんだ。もう白姫の自由の邪魔はしない。

「その……用件ってなんだ？」

「透衣くんに話したいことが二つあるんだ」

白姫はテーブルの上に置いた手を結んで、話を始めた。

「透衣くんに自由になっていいって言われてから、色々考えたんだ。最初はなにをしていいかわからなくって、心にぽっかり穴が空いたような感じだったんだけどね」

「うん」

「でも、そのうちその穴が、あれしてみたいな、これしてみたいなって、そんな未来のことで埋まっていったの。これって、透衣くんのお陰だよ」

「そっか」

「……いつまでたっても、埋まりきりそうにないけどね」

白姫は俺に向けてというより、独り言のようにそう呟いた。だが気にする暇もなく白姫は続けた。

「それでね、あたし、一つ決めたことがあるんだ」

白姫は俺の方を向いた。

「あたし、東京に帰ることにしたの」

「……え?」

「元々この街に来て海峡東に通ってるのは、透衣くんとの婚約のためだったでしょ。だからもうここに住む理由は、あの日になくなっちゃった」

白姫はまた身体を正面に戻して、上を向いた。

「あたし、モデルしてるでしょ？　最初はパパの知り合いに頼まれて断りきれずに引き受けただけだったんだけど、透衣くんに言われて今の仕事にもっと全力で取り組んでみたいと思ったんだ。そのためにはまず、仕事の度にこの街と東京を往復するの、もうやめないとなって」

俺には次の言葉が出なかった。言いたい言葉が喉に詰まっているのに、それを吐き出すのを理性が拒んでいる。

行って欲しくねえ――。

「透衣くん？」

「い、や……別、に……」

「……あたしがいなくなるの、ショックなんでしょ〜」

しかし、昔みたいに白姫はしたり顔をして煽ってきた。それに変なスイッチが入ってしまう。

「なっ……んなんじゃねえよ！　だったら自由になれなんて言わねーっての！　はぁあ！　そっかそっか！　もうお前にこき使われることもなくなるなら清々するぜ！」

「ふふ、懐かしいね、この感じ」

「えっ、ああうん……」

でも、その態度を改めたくてしょうがなかった。行くなって、そばにいてって、そんな気持ちが俺には言える権利もないのに、頭に浮かぶ。

「……それで、もう一つの話なんだけどね」

白姫は少し悲しい表情をして、次の話にいこうとした。俺は咄嗟に「あの……」と言ってしまう。

「……ん？」

白姫は自分のショルダーバッグの中からなにか取り出す素振りで固まった。

「あ、いや……」

言えないいって、言ったらダメだってわかってるのに、この話を終わらせたくなくて、白姫のことをここにずっととどめておきたくて、

「白姫……」

「……透衣くん？」

その時だった。ドアベルが鳴ったのは。

「いちごちゃん……」

入ってきたいちごは、顔を顰めて俺達の方を見た。

◇

いちごは白姫の方を一瞥した後、顔色をパッと明るく変えた。

「透衣！　甘いもの買ってきたよ！」

「え、あぁ……」

いちごはカウンターの前に回り、俺たちの前に立つ。

「ほら見て透衣！　透衣、いちご好きでしょ？　だからいっぱい買ってきたんだ！　いちごのショートケーキでしょ？　それからいちご味のドーナツ！　お菓子もあるよ！　ちゃんといちご味じゃないやつも買ってきたし！　チョコとか、抹茶とか！」

いちごは俺の前で買ってきた物を広げる。俺が答えあぐねていると、いちごは俺と白姫の二人を見て言った。

「うちが邪魔なのかな？」

白姫はそれを聞いて、咄嗟に立ち上がった。

「……あたしが帰るね。ごめん」

「ッ……」

白姫の悲しい顔を見て、止めようとする言葉がまた過ぎるが、いちごの前だとそうもできなかった。

しかし、俺が呼び止めるまでもなく、いちごがカウンターから白姫を呼び止めた。

「リラちゃん」

「……？」

いちごは俺の方を見てふっと笑い、再度白姫の方を見た。

「もう心配しなくても大丈夫だよ。透衣は自由になれて、リラちゃんも自由になれた」

いちごは白姫に、あの眩しい笑顔を、けれどどこかぎこちなく、見せた。

「リラちゃん、幸せになってね」

「……ありがとう」

白姫はそう言って、メゾンを去った。

「透衣、ちょっと待ってて」

「……え？」

「話の途中なの。リラちゃんと少しだけ話してくる」

「う、うん……」

そうしていちごはメゾンを出た。何を話すのか気になった。きっと白姫に言わないままでいてほしい俺のことも話すかもしれない。だけどそれを止める権利は俺にはない。いちごのやりたいようにやって欲しかった。

自分の気持ちをぐっと押し殺して、俺はいちごを見送った。

◇

いちごはすぐリラに追いついた。リラの歩幅が小さかったからだろう。

「リラちゃん」

いちごの声に、リラはすぐに振り向いた。

「いちごちゃん……？」

いちごは振り向いたリラに、手を出した。

「なにか渡すところだったよね？　透衣に」

「えっと……」

「うちが渡しておくよ！　はい！」

「でも……」

「渡して？　それを口実にまた会われると、やだし」

渋っていたリラは、それを聞いて下唇を噛（か）んだ。今まで二人の仲を散々かき乱しておいて、この期（ご）に及んでこれ以上迷惑をかけるわけにはいかない。渡すしかない状況で、リラは鞄（かばん）から、二通の手紙を出した。

いちごは二通の手紙の宛名に目を落とし、少しの間固まった。

だけどまたリラに目を戻して、言った。

「転校するんだよね？」

「……うん」

リラはクラスメイトみんなに、直接、もしくは連絡してその事を伝えていた。その最後が透衣だったのだ。

いちごはそんなリラに、笑顔を手向けた。自分は今幸せだと、そう誇示せんばかりに、満面の笑みを作って、送り出す。

「バイバイ、幸せになってね、リラちゃん」

「……あり、がとう」

リラはその言葉を聞いて、またメゾンに背を向けた。

いちごはリラの背中を遠くまで見送って、見えなくなったところでメゾンに引き返す。そしてもう一度二通の手紙を見て、息を荒くし、歯を食いしばる。思わず手紙を握る手に力を込めそうになるが、さすがに良心の呵責が勝ち、そっとその二通をポケットにしまった。

メゾンに戻ると、透衣はまだカウンターに座って固まっていた。

「……いちご？　話できたのか？」

「うん、してきたよ」

「そっか……なに話してたんだ？」

いちごはまた、幸せを装う笑みで、首を横に振った。

「なんでもないよ！」

いちごは気丈夫に振る舞って、さっき散らかしたたくさんの透衣の好きなものを袋にしまい込んだ。

「これ、上で一緒に食べよっか！」

「……うん」

◇

いちごは俺の前で、俺の大好きな甘いものをたくさん振る舞ってくれた。ショートケーキ、クッキー、ドーナツ、チョコ――いちご。

「ねえ、透衣」

「ん？」

「来週、港で花火大会があるんだって」

「そうなんだ」

「うち、友達(ともだち)に誘われてたんだけど、断っちゃった」

「……なんで？」

「へへー、透衣と行きたいから！」

「じゃあ、一緒に行くか！」

「うん！　行く！　絶対ね！」

いちごはそう言って、チョコの粒を一つ、口にした。そして、今度はショートケーキを切り分けて、フォークで俺の方にくれる。

「透衣、あーん」

「……」

口に突きつけられたショートケーキを、俺は口に含む。甘い味とともに、罪悪感が背中を這い回る。

「美味しい？」

「……美味しいよ。ありがと」

「透衣はホント、甘いもの大好きだね」

いちごの手が少し震えていたせいか、口の端にクリームがついてしまった。口の中にあったものを咀嚼して飲み込んでから俺はそれを指で拭って、口に含んだ。

「まだついてるよ」

「嘘？　どこ？」

俺が訊ねると、いちごはのし、っと擦り寄って、俺の口元を小さな舌で舐めた。

「……ここ」

　真っ赤になったいちごの顔。

「ありが、んぅッ……」

　いちごはそれを誤魔化すみたいに、また俺にキスをしてきた。なんども口付けをされて、俺はそれをただ甘んじて受け入れ続けた。この上ない甘美な味なのに、どこかそれが俺の口に合わない。

　そして勢いあまって、いちごは俺を押し倒した。

「……いちご」

　いちごは俺の声を聞かずに、袋の中の甘いものの中から、小さな箱を取り出した。

「ダメだって」

「なんで？　うちじゃ口に合わない？」

「いや……」

　いちごは訊いてきたくせに、答えようとした俺の唇を唇で塞いだ。

　そしていちごの手は、俺のシャツのボタンに掛かる。この前は俺の裸を見ただけで、目を塞いでいたくせに。

　俺はすぐに止めた。

「無理」

「なんで」

いちごは俺の下腹部に腰を下ろした。そして、着ていた自分のブラウスを下から捲りあげようとする。

俺は咄嗟にそれを止める。

「なんで……」

どうしても、いちごと先へ進もうとすると白姫が過ぎる。そうは言えず俺は言葉を取り繕った。

「まだ答えてないのは悪いと思ってる。けどこんなのでお前のこと意識したって、それと恋愛感情は別もんだろ」

「……キスはいいの？」

「……まあ、白姫には許してたからな……」

「わかった。これで我慢するね」

いちごはまた艶めかしく目を瞑って、俺の唇を奪った。

俺が一向にいちごに気を持てないことを悟られてしまったのだろう。そしていちごの焦りもまた、俺に伝わった。

◇

いちごの気持には応えられず、けれど甘えに付き合う日々は続いた。

毎日電話した。毎日会った。毎日キスをした。毎日甘いものを食べさせてくれた。毎日俺のことを応援してくれた。

身に余る幸せ、満たされない気持ち。

でもいつかこんな日常に慣れて、そして振り返った時、この日々を幸せだと思える日がやってくるはずだ。そう信じて、俺はいちごとの毎日を味わった。

いちごの笑顔がほんの少し減った気がする。代わりに、時々曇った顔を見るようになった。

俺はそれを見て悲しくなる。俺もできる範囲で精一杯応えてやるのだが、それで満たされている様子はなかった。

そして、花火大会前日。俺はまたいちごにデートに誘われた。

待ち合わせは、近くの商業施設のモニュメント時計台だった。

集合時間は十一時。いつもは俺が迎えに行くか、いちごが迎えに来てくれるのだが、今日は現地に集合になった。

「ごめん、待ったか？」

「ううん、今来たとこ」

いちごはこのやり取りに、「またベタなこと、できた」と笑った。

「今日はなにする？」

「うん、映画が見たいんだ」

「そっか」

いくつもポスターが貼ってある中で、いちごはホラー映画なんかではなく、恋愛映画を指差し、俺は「そうしよう」と頷いた。

ポップコーンの味はキャラメル味。きっといちごが俺のために選んでくれたのだ。

映画を見て、昼過ぎにカフェに入って、一緒に甘いものを食べた。二人で同じ味のパフェを食べた。美味しいねって言い合って、二人で笑った。

ウッドデッキで景色を眺めた。綺麗だねって言って、涼しい潮風に目を眇めた。喧嘩なんて起きなかった。

ゲームセンターで沢山遊んだ。いちごが欲しがったぬいぐるみをいっぱい取った。色んなゲームを試した。

最後に観覧車に乗った。夕方の港の頂上で、俺達はキスをした。

そして出勤時間が近くなり、俺達は帰る。今日はなぜか、いちごがメゾンまで俺を送ってくれた。

夕焼けのアカネ色を浴びながら、俺といちごはメゾンの前で向き合った。

「透衣、今日のデート、楽しかった？」

俺は頭に過ぎったことに首を振って、その事に一切触れないように大きく頷いた。

「すっげー楽しかった！　次はどこ行こうか！」

「良かった」

いちごは後ろで手を結んで、もう一度俺を見据えて言った。

「――リラちゃんの時より、楽しかった？」

「……うっ……あぅ……」

言葉を、言葉を、いちごが欲しがっている言葉を、

「透衣」

「ぁ……ッ……」

「無理させてごめん。もう返事、しなくていいよ」

俺は拳をぎゅっと握って叫んでいた。

「待ってくれよ！　俺無理なんてしてない！」

すんなり出た。本音なんだ。俺がいちごのことを振れなかったのは、申し訳ないからとか、同情できるからとか、そんなんじゃない。ただいつも一緒にいたいちごと離れたくな

かったからだ。

「ごめんね透衣(とうい)。うち、透衣がうちのこと好きじゃなくてもいい、そばにいてくれたらそれでいいって言ったけど、間違ってた」

「いちごッ……！」

「ごめんね透衣。うちが縛り付けてたね」

「違う！　お前が俺を好きだって言ってくれたから！　俺はずっとどうにかして応えたかったんだ！　ごめんいちご！　俺、いちごと付き合うよ！　今よりもっともっといちごのこと好きになりたい！　まだまだずっといちごと一緒にいたい！　だからッ……だからさッ……」

ここでいちごと離れたら、たぶん、もう――。

「リラちゃん、行っちゃうよ？」

「いいってッ……あいつはもう自由になったんだ！　俺はもういちごと幸せになるって決めてッ」

「決めないで」

いちごの方を見ると、いちごは朗らかに微笑(ほほえ)んでいた。なにかを慈しむような、そんな目だった。

「うちはね、みんなの、一人一人の気持ちを大事にして、優しくする透衣のことが、大好きなんだ。どこまでも真っ直ぐな透衣が大好き。世界で、一番……だからね、そんな透衣が自分の気持ちに嘘をついてるところ、見たくない」

「いちごッ　いち、ごッ……うぅ……」

　気づいたら涙が溢れていた、溢れて止まらなかった。嗚咽して、言葉が上手く発せなかった。なにか言葉にしないと、いちごが、いつも俺の横にいてくれたいちごが行ってしまうというのに。

「うち、透衣のそばに置いてもらえて幸せだった。でもね、そばにいるだけ。透衣のことを変えられたのは、うちじゃなかったんだ」

「いち……ごぉ……いか……行かない……でよッ……うぐッ……うッ……」

「これ」

　そんな俺に、いちごは二通の手紙を渡した。俺はそれをなんとか受け取って、もう一度いちごに目を戻した。

「先に読んじゃった。ごめんね」

　そして改めて、いちごは俺の方を見た。どこまでも真っ直ぐな瞳で、無邪気な瞳で、いつも俺のことを応援してくれた、あの瞳で。

「うちの名前は、いちご。透衣のことが大好きな、いちご。透衣が好きな甘いいちご。うち、この名前でよかった。透衣が好きだって言ってくれるから」

「いちごッ……！　いち、ごォ……！」

「さよなら、大好きだよ、透衣。また学校でね」

いちごは最後まで、あの眩しい笑みを俺に作ったままで、手を振って、いつもみたいに励ましてくれた。

「幸せになってね！」

俺はその場で、泣き崩れた。いちごはもう俺の方を振り返らなかった。

◇

いちごは透衣を振った帰り道を一人、歩いていた。

もう少しで家だ。大丈夫。泣かずに帰れる。

そう思った時、透衣と初めてキスをした公園が目に入った。

そして、彼のことを好きになった、あの日のことを思い出す。

同じ友達の輪の中にいた、君波透衣という、一人の小さな少年。一人でいちごオレを飲んでいた彼に、なんの気なく話しかけたことを。

『君波くんって、いつもいちごオレ飲んでるよね』

『え？　ああ、俺いちごが好きなんだよ』

『……えっ⁉』

『え？　あっ、いや冠城のことじゃなくて！　甘いものが好きなんだよ！』

ボツ、ボツ、と、夏の熱い地面に雫が落ちて止まらなくなった。

「う、うぅ……うわぁぁぁぁぁぁぁぁぁ……！」

──バイバイ、うちの初恋の人。

Chapter 9. ライラック

Cet amour vous convient-il ?

いちごは中学の時仲良くしていた俺の友達の、幼なじみだった。

俺はその中学の友達のおかげで、というか、せいで、不良になった。

自分のやりたいようにやる不良のそいつが俺に、『やりたいことがあるなら貫け』と言ってくれた。だから俺は親父に反抗するようになった。

人生で初めての友達で、嬉しかった。

だけどそいつの非行についていけなかった。気づけば仲違いしていた。

もう誰とも仲良くできないと落ち込んでいた時、最後に一人、俺の横にいてくれたのがいちごだった。

家族と東京に引っ越すことが決まった時、東京の高校の受験をバックれて、こっちで受験した高校に入ればこっちに残れるんじゃないかと、そう提案してくれたのもいちごだった。

だから俺はこの街に残れた。

学校でも一人で、メゾンでも一人になってしまった俺を、一人にさせないようにいちごもメゾンに加わってくれた。

ずっと、ずっと一緒にいた。辛い時も、嬉しい時も、いちごが一緒に悲しくなってくれて、喜んでくれた。

そんないちごの幸せに俺も寄り添いたかった。

でも。

いちごに辛い思いをさせてなお、頭に自分の気持ちが浮かぶたびに、浅ましい気がして自分が嫌になった。

行けなくなった花火大会がもうすぐ始まる。

こんな時に限って、店も定休日だった。

いちごと別れた次の日も部屋で一人、悲しみに暮れていた時、テーブルに放ったままだった、いちごが俺に渡してくれた手紙が目に入った。

——リラと透衣くんへ。

——透衣くんへ。

俺は先に、白姫と俺宛の手紙を読んだ。

『リラへ

先に逝くことを許してください。

小さい頃はワガママだったのに、今では立派に大きく育ってくれて、ママはとっても嬉しいです。雅人さんに出会えたおかげかな。でも、私一人じゃリラを幸せにできなかったことは少しだけ寂しく思います。

母親として、もっといっぱいリラを幸せな気持ちにしてあげたかった。もっとリラと一緒に楽しいことをしたかった。

けれど、私ではそれができなかった。

情けない母親で、本当にごめんなさい。けれど、あなたをこの世に産み落としたことだけは、誇りです。

リラはきっと、私がいなくても平気だよね。

どうかこれからもずっと幸せでいてね。誰にも縛られない、リラが幸せだと思うことを見つけて、リラだけの幸せを生きてください。

さようなら、リラ。

ずっと、ずっと、愛しています。

そして、透衣くんへ

約束を守れず、先に逝くことをどうか許してください。

透衣くんと離れ離れになってから、私が苦しい時、いつもあなたの笑顔が頭に浮かびます。「カミーユさんといる時が幸せだ」「カミーユさんの料理おいしい」「カミーユさん大好き」って、そう言ってくれる透衣くんの顔が、今でも目に浮かびます。

叶うなら、もう一度透衣くんに会いたいです。メゾンに帰りたいです。けど、叶いそうもありません。

私は今から天国に行きます。悪いことも沢山してきたから、もしかしたら地獄かも知れません。

でもどこへ行っても、私は透衣くんの幸せを誰よりも願っています。

透衣くんが私やみんなに優しくして、幸せをくれたように、いつか私じゃない誰かが、透衣くんのことを幸せにしてくれることを願っています。

さようなら、透衣くん。

ずっと、ずっと、愛しています。

最後に、二人がどうか、出会えますように。

カミーユより』

俺は泣きながら、察した。

もう片方の手紙が、誰からのものなのか。

『透衣くんへ

東京に行く前に、透衣くんに伝えられなかったことがあります。

きっと直接言うとあたしは泣いてしまうし、優しい透衣くんのことを困らせてしまうかもしれないから、手紙で言うね。ごめんなさい。

ずっと言いたかったけど、そのワガママな気持ちが透衣くんの重荷になると思うと、言えなかった。


初めて話した時、真っ直ぐな目であたしの髪を受け入れてくれた時に、もう気持ちは始まってた。

高台で喧嘩して一度は勘違いだって思った。

でも何回もキスをして、照れる可愛いところを見て、あたしが落ち込んでる時に励ましてもらって、ピンチの時に助けてくれて、やっぱり間違ってなかったと思った。

確かに透衣くんが幸せになれって、自由になれって言ってくれて、嬉しかった。

でもあたしはね。

透衣くんが横で笑っている時、嬉しくって一緒に笑顔になれたよ。

透衣くんがあたしを抱きしめてくれる時、腕の中でこの時間がずっと続けばいいのにって思ってたよ。

透衣くんからキスしてくれる時、とっても甘くて、もっといっぱいして欲しくて、もの足りなかったんだよ。

あたしはどんな未来の選択になったとしても、透衣くんのそばなら、それだけで幸せになれたよ。

あたしの一番の幸せは、透衣くんのそばにいることだったんだよ。

あたし、透衣くんのことが好きだったんだよ。

こんな卑怯な伝え方でごめんなさい。

幸せは自分でなるもの。

その言葉を胸に、あたしは8月31日に、透衣くんに背中を押して貰えたからこそ、東京に発ちます。


透衣くんがシェフの夢を叶えて幸せになれるように、あたしも陰ながら応援してるね。

あなたのことは、生涯忘れません。

大好きです。

リラ』

読み終えた頃には、手紙は色んなところが涙で滲んでいた。

俺はすぐにスマホを手に取った。

白姫とお別れをして、ずっと言いたかったことを、でも言えなかったたった四文字をメッセージで送った。

——会いたい。

白姫からはすぐに返信がきた。

——高台にいるよ。

気づけば俺はメゾンから飛び出して走っていた。

『……えへへ、よかった。間に合って』

『あたしだって結婚なんてしたくないからッッッ!!!!!!』

『あたしとここで愛を誓いますか？』

『あのね、透衣くん！　昨日の夜の事で、二人で話したいことがあるの！』

『言われた通りにするか、変態さんの容疑で逮捕されるか、どっちがいいですか？』

『……飲む？　せっかく奢ってもらったんだし、一口ね』

『透衣くんは風間くんが思ってるほど悪い人じゃないもん……』

『透衣くんは内緒にしててね。知っての通り、あたしが性格悪い子だってこと！』

『いつか透衣くんからしてくれるの、待ってるね？』

『それでも透衣くんは、仕方ないって、あたしの言う通りにしてくれる。——実はそれがちょっと心地良かった』

『この人は悪くありませんッ!!』

『これはご褒美だから。助けてくれてありがとう、透衣くん。すごく嬉しかった』

『あたしは透衣くんの味方だから——信じて』

『あたしね……透衣くんと一緒にいたいッ……！』

『そんなあたしは、透衣くんのおくちにあいますか？』

色んな思い出が鮮明に心に浮かぶ。思い出だけじゃない。キスした時の唇の柔らかさも、抱きしめた時の温もりも、そばにいる時の楽しさも、あいつの笑顔の愛おしさも、あいつと過ごした青春の喜びも、そのすべてが廃れずに、色褪せずに今も心の中にちゃんとある。

神社の鳥居を抜けて、坂を登り、公園を抜けて、また坂を登る。空中に架かる遊歩道を駆け抜けて、そして俺は、金色の短い髪をした女の子の元に辿り着く。

「白姫ッ……！」

「透衣くん……」

「……なにしてんだよ、お前。ドレスの次は浴衣で山登りかよ……あぁッ……」

「友達と行く予定だったんだけど……行く気になれなくて……」

白姫はピンク色の上に赤い花が咲き乱れた柄の浴衣を着ていた。すごく綺麗だった。すぐに抱きしめたいと思ったが、その前に白姫が話し始めた。俺は膝に手を突きながら、肩で息をしながら話を聞いた。

「いちごちゃんがね、透衣くんとしたデートの内容を教えてって言ってきたの。だから全部教えた」

「あん時のまんまのデートしたわ。それで白姫の時より楽しかったかって聞かれて、答えられなかった」

「……ダメじゃん。ちゃんと楽しかったって言わなきゃ」

俺は身体を真っ直ぐにして、息を整えた。

「手紙、読んだ。どっちも」

「いちごちゃん、渡してくれたんだね。恥ずかしい」

白姫は苦笑いして、頬に手を当てた。白姫の一挙一動が愛おしくて、頭がおかしくなりそうで、それでも必死に、伝えられなかった、伝えたいことを口にする。

「白姫、気づけなくてごめんな」

「いいよ、気づかれてたらそれはそれでだし」

「俺も、ずっと言えなくてごめん」

「……え?」

「俺も同じ理由で、言えなかった。言ったら、白姫は余計に俺に合わそうとするんじゃねえかって、怖くて、別れてからも、これから幸せになる白姫の邪魔になるんじゃねえかって、言わないままにしてた」

「……うん」

手すりの方で景色に身体を向けていた白姫は、俺の方に向き直った。

今なら言える。

カミーユさんに、親父に、雅人さんに、真淵さんに、そして——いちごに背中を押してもらえたから。

ずっと言えなかった、ずっと心の真ん中にあった、一つだけの大切な俺の意思。

「俺も好き。お前のこと、死ぬほど好き」

白姫はそれを聞いて、一粒の涙を零した。俺はすぐに駆け寄って、白姫の涙を親指で拭い、抱きしめた。

「大好き。自分でもなにがなんだかわかんねーくらい好き。マジで好き。忘れようとしても、お前のことを考えるのがもう癖みたいになってて、頭から離れねえ」

「あたしも……あたしも好きだよ……離れてる時間、どうにかなりそうだった……」

ヒュー、

笛のような音に、俺達は思わず景色の方を見た。

ドンッ、ドドンッ、パラパラパラッ。

港で花火が始まった。響く轟音は胸の鼓動を煽った。街の闇を熱い火花が照らした。そしてもう一度、彼女の目を見やる。濡れた目は、花火の淡い色と同じ色に光る。

「――リラ」

「透衣くん――」

そして俺達は、キスをした。

◇

「重い？」

「軽い」

二度目は間違えない。俺はリラをおんぶして、登った坂を下っていた。

「重いって言ったら、首締めんじゃん」

「試してみる？」

「……重ぉえええええええっ……ごべごべ、ごべんって……」

試しに言ってみたら、案の定ヘッドロックをくらった。

「あっははは！」

「ったく……軽い軽い」

リラは下駄を手からぶら下げていた。実は登る時、途中で裸足になって歩いたらしい。

「……足、大丈夫か？」

「うん、ちょっとだけひりひりする」

「だろうな……無茶しやがって」

「だって、そこに行きたいと思ったんだもん」

「自由だな」

「透衣くんに言われたくないね」

リラは後ろから、ぎゅーっと俺を抱きしめた。

「会いたいって言ってくれて、嬉しかった」

「俺も会えてよかった。もう会えねえかと思ってたから」

「好きだよ」

「うん、俺も好き」

リラはもう取り繕わず、正直に気持ちを言ってくれる。

「あぁ～……こんなことなら東京に行くなんて言わなきゃよかった……」

「もう行くって決めたんだろ？」

「そりゃそうだけど、それは片思いが実らないって思ったからで……あー、でももう編入する学校の手続きも終わってるし、引っ越しの準備も進んでるし……夏休みが終わるまであと一週間しかなぁい……」

リラはしゅん、と落ち込んで「せっかく両思いになれたのにぃ……透衣くぅん……」と呟いた。

「リラ」

「……んー」

「……俺、あと一年半、ちゃんと高校通って卒業して、調理の専門学校行くんだ。そこを出たら親父の元で修行して、親父に認めて貰えたら自分の店を出す」

「うん？」

「……その専門学校、東京にする」

「ホント!?」

「うん。それにお前だって仕事で往復してたんだろ？　お前が東京行ったたって、暇見つけてすぐ会いに行くよ」

「透衣くん……！　大好きぃ！」

「ぐ、ぐるじ……じぬ……」

リラはそう言って、思い切り俺の首を絞めた。ごろざれる……。

そうこうしているうちに、メゾンまで戻ってきた。

「お前、その足じゃ帰れねえだろ」

「なんとかするよ」

「バカ言うな。せめて俺ん家で洗ってけ」

「それもそうか……」

鍵は開けっぱで家を出た。俺はリラを背負ったまま、玄関をあけた。

そして部屋の明かりをつけて、風呂場まで行き、浴槽の縁にリラを座らせた。

「捲るぞ?」

「うん」

浴衣を下から捲ると、リラの綺麗な白い足が露出する。

お湯になるまで待って、踵を自分の膝において支え、弱い水圧でリラの足を洗い始めた。

「痛っ……ちょっと染みた……」

「やっぱ若干擦り傷みたいになってんな。我慢して」

「透衣くんズボン、濡れちゃってるよ……」

「いいよこれくらい。後で着替えりゃすむじゃん」

せっかく綺麗な足なのに、足の裏が所々皮がめくれていて、痛々しかった。優しく撫でるように洗うと「擽ったい」とリラはクスクス笑った。

足を洗い終わったら、リラは帰るのだろうか。そんなことを思うと、長い時間リラの足に触れていてしまった。

「もういいよ、ありがとう」

「……あぁ、そうだよな」

流石にリラにそう言われ、俺もお湯を止めた。

「歩けるか？」

「うん、ありがとう」

リラをバスマットの上に立たせる。

「……タオル持ってくる」

「うん……」

タオルで足の水気を取ってやる。するとリラは、しゃがんでいる俺の高さに合わせて、自分もしゃがむ。

「……なに？」

ちゅむ。

リラはそのままキスをしてきた。

「茶化すなよ」

「したくなちゃった。透衣くんに触られてると、胸がキューってなる」

「はは、なんだよ、それ……」

だけど、素直なリラを見て、もう自分も素直でいていいんだと思うと、自然と言葉が出ていた。

「帰って欲しく、ねえんだけど」

「……」

リラはその場に膝をついて前傾し、また俺にキスをした。

――ちゅっ、ちゅっ、はむ、ちゅぷ。

俺の唇を唇で挟むみたいに、キスをしてくる。俺はそれに応えるように、リラの後頭部に手を添えた。

リラの舌が俺の唇を舐め、もっと、と催促する。俺はその舌を舐めとった。

――ちゅ、ちゅぷ、るる。

俺が反撃しようとすると、リラが正座する形になって、俺が前傾する。そのまま俺がどんどん押してしまい、「待って……」とさすがにリラにとめられる。

「あ、わり……」

「そうじゃなくて……ここじゃあれだし、ベッド行こ」

「――うん」

俺はリラの手を引いて、ベッドに座らせた。

「電気消すか？」

「うん」

俺は部屋の照明を落とした。真っ暗だと見えないので、豆電球だけ点けたが、リラはなにも言わなかった。

　俺はリラの元に歩いた。リラが腰を下ろしている横に膝をついて、見下ろす形でリラの頬に手を添えて、上向かせた。

「リラ、浴衣めっちゃ可愛い」

「ん、嬉し……」

「そっち寝て」

「うん……」

　リラをベッドに仰向けに寝かせて、俺が覆い被さると、リラは微笑みながら言った。

「……名前、やっと呼んでくれたね」

「カミーユさんのことがあって、白姫って呼ぶより、そっちの方がいいかなって」

「うん、いっぱい呼んで」

「……リラ」

「うん……」

「この前しようとして、できなかったじゃん」

「だね」

「あれ、俺はリラのこと好きだけど、リラがそうじゃなかったらかわいそうだと思ったからなんだ」

「……あたしは準備万端だったのにね」

「……リベンジしてい？」

「──いいよっ」

そうして、俺はまたリラの唇を味わった。

「リラ、──脱がすな？」

「うん──」

◇

一週間だけ、メゾンで同棲した。

だけど一週間はあっという間で、すぐにリラが旅立つ日が来て、俺はリラを東京に見送った。

それから夏休みも終わって、当たり前のような日々が戻ってきたが、そんな当たり前が、今ではなんだか、すごく貴重で尊いものに思えた。

「君波透衣ッ!!」

げっ、と聞き覚えのある声に俺は顔を顰めた。

日本史の授業中、近藤先生の怒号が空間を支配し、耳を劈く。

「お前！　新学期になってもピアスを外さんのか！　今日という今日は許さんぞ！　そのピアスを外せ！　外さないなら授業を始めないぞ！」

そしてさっさと外せという衆目が俺を見る。

俺は一つ、ため息をついた。

だけど今ではなんだか、みんなに同情できた。きっとみんなにもそれぞれ譲れない自分があって、そのために生きていて、時々譲らなきゃいけない場面に直面して、その度に仮面を被って、今日も一日を過ごしているのだろう。

で、このおっさんは今、ピアスを外して欲しいんだっけ。

「……すんません」

そう理解して、俺はピアスを外した。

エピローグ

Epilogue

春から東京で新生活が始まる。

俺は地元から送った荷物より一足先に東京に来ていた。

ゴロゴロ、ヒュー。綺麗(きれい)に舗装された道を、期待を乗せた口笛なんて吹きながら、キャリーケースを転がして歩き、見える東京タワーの元まで歩いている。だんだん東京タワーの上の方を見上げるのに首が疲れる距離になり、近づいていることに気づく。

そして、俺は掛けていた細いフレームの青いサングラスを上に上げて、見つけた、ブルーのメダイユが付いたピアスを右耳にしている、金髪のショートカットの綺麗な女に声をかけた。

「ひゅー、いい女発見」

俺がそう言うと、女はこっちを向いて「ふっ」と笑った。

「なんてなー」

「バカじゃないの？」

俺がキャリーケースの持ち手を離して、ニヤニヤを誤魔化(ごまか)さずに腕を広げると、リラも嬉(うれ)しそうに笑ってこちらに駆け出した。

ぎゅーっ！

「ぷっ、あっはははッ！」

俺はリラを抱えながらグルグルその場を回った。リラは可笑しそうに笑った。

そして下ろしてやると、リラは笑い疲れて「はー！」と満足気にため息をついた。

「久しぶり。会いたかったぜ、リラ」

「あたしも、超会いたかったぜ！」

そして俺はサングラスをTシャツの胸ポケットに提げて、リラの顔を見つめた。リラも
「ふふーん」と得意げに口を結び、「むぅ」と顔を俺の方に上向けて催促した。

「ははッ、早速かよ？　欲しがりめ」

「いいでしょ？　別に。ずっと我慢してたんだからね。大好きだよ、透衣くん！」

「……俺も！」

そして俺は、毎日してたあの時のように──キスをした。

「幸せになろうな」

『この恋、おくちにあいますか？』完

あとがき

優汰です。
コイクチ、どうでしたか。極論人間って、自分の思い通りに生きたい生き物なんだと思います。当たり前。生きようとするのが生き物の原理だろうし。けど一人では生きていけない。そしてなんの偶然か、隣の人も同じように同じこの時代を生きている。だからこそ、隣にいる誰かと手と手を取り合い、補い合い、許容し合い、生かし合うのが、綺麗事でもなんでもなくて、利害が一致した合理的な生き方だとアーニャ、思うます。その輪が二人から、十人、百人と広がり、繋がり、ラジバンダリ。は？

なんかもういいや。わからなくなってきたし、そもそもこの話飽きてきた。人生の答え、捜索願いを出します。皆さんで見つけてください。すみません。我慢できなくて後半チョケました。お詫びにトゲピーの鳴き真似します。チョッケプリィ!!

さて、宴も高輪プリンスホテルではございますが、以下謝辞。

担当編集様。

おかげさまで、なんとか二巻を作り上げられました。ありがとうございます。打ち合わせでいつも長々とこの世に対する愚痴を聞かせてしまってごめんなさい。いや、まあ、やめませんけども。これからもどうぞ、よろしくお願いいたします。

ういり先生。

浴衣に水着、二巻の絵、神すぎる。という、イラストのことに関してはもちろん、『この恋、おくちにあいますか？』というタイトルを推してくださって、ありがとうございました。おかげさまで、思い入れのあるこの題を冠して拙作を世に発売することができました。今後もういり先生の絵を生きる糧にして人生を彷徨います。

声優の羊宮妃那さん。ＰＶ制作に携わってくださいました皆様。

一巻ではお礼出来ませんでしたが、改めてこの場を借りてお礼申し上げます。本当にありがとうございました。おかげさまで、より多くの人に作品を知っていただくことができました。

最後に、二巻を手にし、コイクチの結末を見届けてくださった読者の皆様。

皆様が応援してくださったからこそ、この物語を半端にせず終わらせる覚悟ができました。今後も恐らく僕の作品が世に出ることがあるかと思います。その時あなたが『コイクチの作者の作品か、どんなものか見てみよう』と、それを手に取ってくださることを祈っております。拙作を読んでくださって、本当にありがとうございました。あと、コミックもよろしくお願いいたします！

それでは、またどこかで。——ちゅ♡

MF文庫J

この恋、おくちにあいますか？ 2

2024年 5月 25日　初版発行

著者　優汰

発行者　山下直久

発行　株式会社 KADOKAWA
〒102-8177 東京都千代田区富士見 2-13-3
0570-002-301（ナビダイヤル）

印刷　株式会社広済堂ネクスト

製本　株式会社広済堂ネクスト

Printed in Japan　ISBN 978-4-04-683478-2 C0193

●お問い合わせ
https://www.kadokawa.co.jp/（「お問い合わせ」へお進みください）
※内容によっては、お答えできない場合があります。
※サポートは日本国内のみとさせていただきます。
※Japanese text only

◇◇◇

【ファンレター、作品のご感想をお待ちしています】
〒102-0071 東京都千代田区富士見2-13-12
株式会社KADOKAWA　MF文庫J編集部気付「優汰先生」係　「ういり先生」係